底辺から始まった俺の異世界冒険物語
Teihen kara hajimatta
Ore no Isekai Bouken
Monogatari!
【ていへんからはじまったおれの
いせかいぼうけんものがたり】
2
ちかっぱ雪比呂
Chikappa Yukihiro
イラスト：Noukyo

グレン
冒険者ギルドのマスター。
プリンが大好き。
ダンク
裏ギルドの受付。
グレンの弟。
ミーツ
真《ま》島《しま》光《みつ》流《る》
勇者召喚に巻き込まれた40歳。
城を追放された後、冒険者になる。

ビビ
冒険者の少女。
モブ、ポケとは幼馴染。
モブ
元ストリートチルドレンの
冒険者。ビビに惚れている。
ポケ
モブの弟。
ややおとなしい性格。
登場人物紹介
CHARACTERS

第一話

俺は真島光流《ましまみつる》――ミーツ、どこにでもいるメタボ体型の四十歳独身だ。だがあるとき、若者七人とともに異世界に飛ばされる。召喚したのはクリスタル王国という国の王様で、勇者を召喚しようとしたところに、俺も巻き込まれただけだった。

年齢が高かった俺だけ追放され、おまけに初日に身ぐるみはがされる。だが、冒険者のシオンや冒険者ギルドの副マスターのダンクと出会えたおかげで、どうにか一人で生きていけるようになった。

あと、俺のスキル――想像魔法も役に立っている。想像したことが魔法で出せたりできたりするんだが、珍しすぎるスキルなので、持っていることはなるべく内緒にしている。

そのうち、一緒に召喚された七人のうち五人が王様のもとを離れて俺と再会した。だが、正直なところ世話をする義務はないわけで、俺はすでに受けていた護衛の仕事に出かけるつもりだ。一応、シオンには彼らの面倒を見てやってくれと頼んでおいた。そうは言っても、俺がいない間に何かあったら、夢見が悪いからな。

この世界のことを考えていてあまり眠れないまま、とうとうやってきた護衛の仕事の日。

街の門に向かう前に、宿の女将《おかみ》に数日留守にするからと、荷物の預かりと部屋の予約をした。予約は原則できないが、部屋代を俺がいない間も払い続けることで解決した。

そして、今所持しているものを確認する。短槍にナイフ、貴族からもらった服に非常食数点とスマホ、風呂敷数枚――それらを、さらに大きな風呂敷でまとめて包み、担《かつ》いだ。

短槍だけはいつでも取り出せるように、布を細くねじって腰に巻き、そこに差しておくことにした。剥《む》き出しの刃で歩行中に足を斬ってしまうのを防ぐため、布と紐でカバーを作って被せてある。

準備を終えて意気揚々と門へ向かったが、門前の広場にはいくつも馬車があって、どれが依頼の馬車か分からなかった。仕方なく一つ一つの馬車のそばに行き、ギルドでもらった木札を見せるも、ことごとく俺の依頼主の馬車ではない。

とある馬車では、たとえ実力者でもGランクなんか絶対雇わないと馬鹿にされたものの、代わりに、護衛対象の馬車に近付けば木札に数字が浮き出るからすぐに分かることも教えてくれた。

馬鹿にされたときは恥ずかしかったが、アドバイスは助かった。

そして、広場にある馬車に近付いては、木札の反応を確かめていく。しかし、広場に俺の依頼主の馬車はなかった。

もしかしたら、木札に数字が出るなんて嘘で、騙《だま》されたのではないかと思いはじめていたとき、新たにやってくる馬車が見えた。諦《あきら》め半分で近付いてみると、持っている木札がポワッと温かくなって、じんわりと『94』という数字が浮かぶ。

『94』――『苦しんで死ぬ』。不吉な数字だが、考えないことにしよう。正直、この馬車で反応がなければ、諦《あきら》めて帰ろうと思っていた。

「おはようございます。ギルドの依頼で参りました、Gランクのミーツと申します。今日から護衛を務めますので、よろしくお願いします」

Gランクなんて使えないと思われないように、馬車を操っていた護衛対象である商人に元気よく挨拶《あいさつ》し、ギルドでもらった木札を渡すと、なぜか驚かれた。この世界の人たちはよく驚くなと思いつつ詳しく話を聞くと、普通冒険者はこんな丁寧な挨拶《あいさつ》をしないそうだ。

だが、数日とはいえ寝食をともにするし、何より依頼主なのだから、最低限の礼儀はわきまえないといけないのではないか？　他の冒険者はどんな態度をとるのだろう？　俺は商人と、どんな道を通るのかといった雑談をして、他の冒険者が来るのを待つことにした。

しばらくしたら、こちらの馬車に若者たちがやってきた。一緒のパーティらしくまとまって歩いている少年二人と少女一人の三人と、少し離れたところに見覚えのあるやつが一人だ。一人の方は、ゴブリン討伐のときに知り合ったニックだ。

「よう、ミーツのおっさん。あんたもこの依頼を受けたんだな。あんたがいると思うと心強いぜ。依頼主の商人さんよ、俺はニックだ。よろしくな」

ニックが挨拶《あいさつ》を簡単に済ませたことに驚いた。そんな簡単でいいのか。まだ若いからだろうかと思っていると、三人組も商人に挨拶《あいさつ》をする。

「俺はモブだ、よろしくな。ニックも久しぶりだな」

二人の少年のうち年長の方の彼は、見た目十代後半ってところか。一緒に召喚されたあの高校生たちと変わらない年頃に見える。

「僕はポケです。モブの弟です。よろしくお願いします」

おそるおそるといった様子のこの子は、可愛《かわい》い感じだ。多分、歳は十四~十五くらいだろう。

「私はビビです。二人とは幼馴染《おさななじみ》で、みんなランクはEです。パーティ名はまだ決めていません」

ボーイッシュな女の子は、モブと同じくらいの歳だろうか。彼よりも丁寧に話してはいる。それにしたって、どの子も依頼主への挨拶《あいさつ》が簡単すぎた。依頼主の商人も特に気にしていないようなので、やはりこういう態度が普通なのかもしれない。だが、俺は変わらないでおこう。

「先程、依頼主の商人さんには挨拶《あいさつ》したけど、君たちにはまだだね。俺はGランクで、ミーツと言います。護衛の期間よろしくね」

ニックも含めてみんなに挨拶《あいさつ》をすると、三人組が「こんなおっさんがGランクだって」とクスクス笑い出す。まあ護衛がしっかりできさえすれば関係ないかと、口にしているのを無視した。

「おっさん、Gランクだったのかよ。あれだけのことができるのに、本当にGなのか？　というか、その格好はなんだ。イカレてんのか」

「ほれ、ランクを示す首飾りだって、Gランクの灰色だよ。この服イカスだろ。気に入ってるんだ」

服で隠れていた首飾りを出してみせると、ニックが少し引きつった笑顔になる。どうやら本当にGランクだということに驚いているようだ。

「あ、ああ。とにかく俺はあんたの実力を知ってるから、頼りにしてるぜ！　ちなみに俺はCランクだ。あ、護衛中はいいけど、それ以外のときはあまり近くに寄らないでくれよ。行った街や村で、おっさんと仲間だと思われたくないからな」

ニックの言葉に少しショックを受けたが、彼とは会って間もないし仕方のないことだと気持ちを切り替えた。

ふと三人組を見れば、その言葉を聞いて目を丸くしている。おそらく、俺が使いものにならないと思っていたんだろう。Gランクと聞けば、そう思うのは無理もない。

そうして挨拶《あいさつ》が終わったところで、依頼主は馬車に乗り込み手綱《たづな》を握る。俺たちは馬車と並走しながら、冒険者の門を何事もなく通過し、まっすぐな道を進んだ。

しばらくは景色を眺めたりしつつ走っていたが、だんだんと退屈になってきた。何も変化が起きずただひたすら走るだけなので、時々あくびが出てしまう。

いっそのこと魔物でも出てくれないかな、などと不謹慎なことを考えていたら、ニックが背後から肩を指先でトントンと叩《たた》いてきた。

「おっさん、暇だろ？　多分、もう少ししたら休憩になるから、組み手に付き合ってくれよ」

少しでも眠気を解消できたらいいと思って、二つ返事でＯＫした。実は俺は、異常に上がったステータスのせいで、小走りをしていてもあまり疲れなくなっていたのだ。

「では、そろそろ休憩にしましょうか」

先程ニックの言った通り、依頼主が馬車を止めて休憩をとろうと言い出した。その言葉を聞いた若者三人は息を切らし、地面に座り込む。

俺とニックは余裕綽々《しゃくしゃく》で、組み手のために馬車からある程度距離を取った。

「さて、どうするんだ？」

「普通に素手でいいんじゃねえか？」

「そうか、それならいつでもいいよ」

「お、おっさん言うねえ。じゃあ、まずは小手調べから行かせてもらうぜっ！」

ニックは俺との距離をだいぶ空けてから、ダンク姐《ねえ》さんほどではないが、ダダダダダッと左右に小刻みに走って撹乱《かくらん》しながら近付いてきた。

俺の顔面を狙って拳を振り上げてきたので軽く避けると、ニックは「えっ？」という顔をした。

この程度だったら余裕で対処できそうだ。お返しにダンク姐《ねえ》さんばりのデコピンで、額を軽く弾いてやる。

「おい、おっさん！　この前ゴブリンと戦ったときの動きと全く違うじゃねえか！　あれは手加減して戦っていたのか？」

「いや、あのときはまだレベル1だったし、全力でやってたよ」

「は？　あれでレベル1？　冗談《じょうだん》言ってんじゃねえよ！　俺が若僧だからって舐《な》めてんな！」

怒ったニックは、拳を握りしめ、また同じダッシュで迫ってきた。

彼こそ先程は本気ではなかったのだろう。動きが速くなっていた。

だが、ダンク姐《ねえ》さんと比べればまだまだ遅い。動きがハッキリと見える。

今度は顔面を殴《なぐ》ると見せかけてボディブローをしようとしているのか、ニックの拳は顔の方に向かっていたが、目線が俺の腹に向いている。少しずつ拳の軌道が変わり、腹に当たろうという瞬間、俺はニックの拳を掴んだ。

そのままゆっくり力を入れて握ると、ニックはもう片方の手で顔を殴《なぐ》ろうとしてきた。だが、それも掴み取り、同じように力を入れて握りしめた。

「痛たたた、参った！　降参だ！」

「え？　もう終わり？」

「なんだよ、その力！　俺の拳を見てみろよ、おっさんの力で真っ赤になってるだろうが！　ほら、くっきりと指の痕《あと》がついてる。今回は俺の負けだけど、この依頼が終わるまでには絶対に勝ってやるからな！」

「え、今日だけじゃないの？」

「勝ち逃げは許さない！」

正直、このレベルの組み手だったらあまりやりたくないのだが、勝ち逃げは許さないと言われれば、明日か明後日にでも再挑戦を受けざるを得ない。さすがに、ニックもあの程度で終わるはずはないだろう。俺も自主的に筋トレと、あとは一人で魔物でも倒しておこう。

「おっさん、もう俺とやりたくないと思っているな？　考えてることが分かるのが、なおさらムカつくぜ。俺の実力はまだこんなもんじゃねえからな！　絶対、俺と組み手をしてよかったと思わせてやる！　……って、そろそろ休憩が終わりそうだな」

ニックの言う通り、馬車から降りて腰を伸ばしたり屈伸運動をしていた商人が、馬車に乗り込んで出発の準備を始めていた。そして少しすると、こちらにやってくる。

「この先に森があります。そこをこれから休憩なしで通り抜けますので、魔物や盗賊の襲撃に注意しながらついていきてください」

商人はCランクであるニックにではなく、一番ランクが下の俺に言った。ランク的に初めての護衛依頼である俺が何も知らないはず、と配慮してくれたのだろう。

「分かりました。ニック、聞いた通りだ。もしニックの手に負えなそうな魔物が出たら、俺が相手をするから、そのときは馬車と商人さんの護衛を頼むな」

「言われなくてもそうするぜ。おっさんと違って、モブたちと俺は何度も護衛の依頼をこなしてきてんだからな」

ニックは余裕な様子だが、人間こういうときこそ気をつけないといけないことを元の世界で経験しているから、しっかり警戒していようと気を引き締めた。

しばらくして、何事もなく森の入口に着くと、御者をしている商人が、ここから少しスピードを上げると言った。俺は了解し、すぐに追いつくので先に進んでいてほしいと断りを入れてから、森の入口でストレッチをした。

今までは小走りだったが、体力的には早歩きするのとあまり変わらないため、使っていない筋肉が多い。何か起きたときに、この若くない身体が瞬時に動かないと困るしな。念入りに五分ほど身体をほぐしてからダッシュすると、三十秒ほどで馬車に追いついた。

そこは鬱蒼《うっそう》とした森で外の光もあまり入ってこず、それまでの道よりも薄暗かった。

「え！　おっさん、ついさっきまで後ろにいなかったよな？　あんた何者なんだ？」

「しがないただのおじさんですよ」

俺があっという間に追いついたことに、馬車の後ろを走っていたモブが驚きの声を上げる。しかしそんな驚きも、突然魔物が馬車を挟むかたちで両側から現れたことで、うやむやになった。

現れたのは、ゴブリン四体とホブゴブリン三体だ。

ホブゴブリンとは大きいゴブリンの種で、普通のゴブリンは身長百二十センチほどしかないが、ホブゴブリンは百六十五センチくらいある。小学生と大人くらいの身長差だ。

また、見た目も少し異なる。ゴブリンは歪《いびつ》な鼻にボロボロの歯で、いつも口を開けて涎《よだれ》を垂らしているが、ホブゴブリンは筋肉質で、佇《たたず》まいも成人男性とほぼ変わらない。知能が高いのだ。

だけど、どちらも肌《はだ》の色が緑色をし、白目のない真っ赤な瞳が特徴的だ。もちろん、ホブゴブリンの方がはるかに強い。初めて戦うのがホブゴブリンだったらヤバかったかもしれない。

ゴブリンは素手か、木から折ったばかりのような枝を持ち、ホブゴブリンは錆《さび》だらけの剣を握りしめ、俺たちに襲いかかってきた。

ゴブリン四体を若者パーティとニックに任せ、俺はホブゴブリン三体の相手をする。

ゴブリンもホブゴブリンも馬車の進行方向からやってきていた。馬車は一時停車して、商人には中に入ってもらう。

「さて、ニックたちからこっちは見えてないだろうから、魔法を使っても問題ないだろう」

想像魔法でホブゴブリン二体の周囲の空気を圧縮して、見えない檻《おり》を作る。残り一体は自由にさせておく。実力で倒そうと考えたのだ。

まず、短槍を素早く腰紐から抜き、ホブゴブリンの身体を軽く突いた。短槍の刃はすんなりその胴体を貫く。ホブゴブリンは断末魔の叫《さけ》びを上げて息絶えた。

あっさり一体倒してしまったので、残り二体もさっさと片付けようと振り返ったところ、二体とも苦しそうに顔を歪《ゆが》めて死んでいた。

「え？　なんで？」

空気を圧縮した檻《おり》は中が真空になっていると後で気が付いたが、このときは不思議でしかたがなかった。

第二話

初の護衛依頼での戦闘が終わって馬車へ戻ったら、少年の一人がまだ戦っていた。あの子は確かポケと言ったな。その可愛《かわい》らしい男の子はゴブリンと一対一で戦っていて、残り三体は既に倒されていた。ポケの兄モブは腕を組んで戦いを見守り、ビビは眠そうにあくびをしながら、モブ同様ポケを見ている。

加勢してあげようかとも考えたが、仲間の様子からすると、おそらくポケを鍛えようとしているのだろう。だから、ひとまず見守ることにした。

しかしこういうことって、護衛の依頼中じゃなく、自分たちだけで行動しているときにやるものじゃないのか？

とりあえず馬車にいる商人に外から声をかけて、ホブゴブリンは倒し終え、ゴブリンももう少しで片付くだろうと伝えた。

馬車のすぐそばで待機していたところ、ニックが少し驚いた表情をして近寄ってきた。

「おっさん、もう終わったのか？　ホブゴブリン三体なんて、俺でもそんな短時間じゃ倒せないのに、どうやったんだよ」

「一体はこの槍で倒して、でも残りの二体はなんで死んだか分からなかった。魔法は使ったけど、致命傷を与えるようなものではなかったんだけどな」

「なんだそれ、どんな魔法を使ったんだ。次に魔物が現れたら見せてくれ」

ニックは、俺が魔法を使えることを知っている。

「うーん、じゃあ次の組み手のときにでも、ニックに使ってやるよ」

「いや、ホブゴブリンが死ぬほどの魔法を人に使っちゃダメだろ！」

ニックにもっともな突っ込みをされた。それじゃあ次に魔物が出たときに、覚えていたら見せてみることにしようか。そんな話をしているうちに、あたりが静かになった。

「お、ポケがやっと倒せたみたいだ。いつもは兄貴のモブが魔物を弱らせてから倒していたみたいだけど、今日は最初から自力で戦っていたんで、こんなに時間がかかったんだな。こんな戦いは依頼を受けてないときにやってほしいもんだぜ」

「あ、やっぱり？　俺も同じことを考えてたんだけど、俺が知らないだけでこういう戦いはよくあるんだと思ってたよ」

「んなわけねえよ。普通は護衛対象の安全を最優先に考えて、早く魔物を退治しなきゃいけないに決まってるだろ」

さすが、伊達《だて》にCランクではない。考え方がしっかりしている。

ポケがゴブリンを倒して一息ついた頃を見計らって、商人は鞭《むち》を打ち再び馬を走らせた。

それからは鬱蒼《うっそう》とした森を何事もなく通り抜けることができた。その間も、商人は何度も馬を鞭《むち》で持った。途中で何度かゴブリンやホブゴブリンを見かけたが、馬車の後方を走っていた俺がその辺に落ちている石や枝を投げつけて倒した。

森を出たところで、全力で走っていた馬はさすがに疲れたらしく、ひどく辛《つら》そうに息をしながら、なおも鞭《むち》を打つ商人を無視して道から外れた。

馬についていくと、川にたどり着いた。馬は川に顔を突っ込んで、ゴフゴフと水を飲み出す。

俺たちも、あたりを警戒しつつ軽く休憩を取ることに。すると商人が、今夜はこの場所で野営をすると伝えてきた。依頼主側としてはもう少し進みたかったようだが、馬が言うことを聞かないので諦《あきら》めたそうだ。

野営といっても、商人と冒険者全員が一緒に行動するわけではなく、それぞれが勝手に食事を取って休むかたちだ。商人は馬車の中で革の水筒を片手に硬そうなパンをかじっており、モブたち三人は干し肉を薄くスライスしてパンに載せ食べていた。ニックは薬草を干し肉で包んだものを食べている。

俺も一応パンを持ってきているが、干し肉などはない。だが魔法でプリンやゼリーが出せるなら、メシも出せるのではないかと考え、岩の陰に隠れて想像魔法を使ってみた。

想像したのは、某有名な安くて美味《うま》いハンバーガーである。

最近は歳のせいか、食べると胃もたれすることが多くて敬遠していたが、たまに猛烈に食べたくなるときがある。

今がまさにそのときだった。だからリアルに想像はできたが、魔力が足りるかどうかが問題だ。

魔力を循環させつつ練るが、まだ出てくる気配がない。前にギルマスのグレンに言われて万能薬を出そうとしたときは、今の実力では出せそうにないのが早々に感触で分かった。

でも、今回はどうにか出せそうな手応《てごた》えがある。両の手の平を上に向けて構えていたら、手の平の上にパァーッと薄く青白い光が生まれた。光が収まったあたりで見てみると、二枚のチーズが入ったハンバーガーが、手の平から次々に出てきた。

慌《あわ》てて風呂敷を広げて置いていくが止まらない。どうしよう、魔力を練りすぎたんだろうか？　原因が分からないままに焦《あせ》った。

「おーい、ニック、来てくれないか？　ニックだけでいい、急いで来てくれ！」

思わず大声で呼ぶと、上手くニックだけ来てくれた。よかった、若者たちが俺に無関心で。

「どうしたんだ、おっさん。クソでもして、手に付いたか？　って、なんだこりゃ」

ニックが岩の上から俺を覗《のぞ》き込み、この現状を見て目を丸くした。それはそうだ。

「とりあえず、これを片っ端から食ってくれないか？　味は保証する」

なるべく平気な顔でお願いしたつもりだが、俺の頬《ほお》は引きつっていたに違いない。ポコポコと増え続けるハンバーガーは、百個くらい出たところでようやく止まった。

残りのＭＰが、ギルドの訓練場で倒れたとき以来のヤバさになっている。ニックはハンバーガーを次から次へと食べていくが、三十個くらいでついにギブアップした。

俺も食べるが二個で腹一杯になってしまったため、残りの七十個近くを風呂敷に包み、仕方なく商人と若者たちに食べてもらうことにした。

商人と若者たちは顎《あご》が外れるんじゃないかと思うくらいに口を開けて驚愕《きょうがく》している。もう面倒くさくなったので、色々聞かれる前に、先に伝えておく。

「同じ依頼を受けてるよしみで、よかったらあげるよ。商人さんも、どうぞ食べてください。ちなみにこれについては説明する気はないので、詮索《せんさく》しないでくださいね。ニックも同じだからな？」

「あ、ああ、分かった」

ニックは苦しそうに腹をさすりながら答える。若者たちもコクコクと頷《うなず》き、そしてハンバーガーに手を伸ばすと、勢いよく食べはじめた。あんなにたくさんあったのがあっという間になくなった。若者は食欲旺盛《おうせい》でありがたい。


夜になり、焚火《たきび》をしつつ見張りをしようとしていたら、ニックとモブ、ポケ、ビビがやってきて、俺に夜の見張りをしなくてもいいと言ってくれた。美味《うま》いものをくれたお礼だそうだ。

その言葉に甘えて休むことにしたが、歳を取るとそんなに長い時間寝ることもできなくなる。二～三時間くらい寝たところで目が覚めてしまい、再び寝ることもできそうになかったので、起きて焚火《たきび》の方へ行ってみた。この時間の見張りは女の子のビビだった。

「ビビさん、交代するよ。俺はもう充分寝たから、君も明日に備えて寝なよ」

「いえ、まだ私の番になったばかりなので大丈夫です」

ビビは俺の方をチラリと見たが、すぐそっぽを向いて交代を断った。真面目だなあと思って何気《なにげ》なく空を見上げると、満天の星が輝いていた。まるで自分が宇宙の真ん中にいるのではないかと錯《さっ》覚《かく》するほどの光景だ。

今まで色々ありすぎて空を見上げる余裕なんてなかったから、凄《すご》く感動した。

感動していたら、ビビが話しかけてきた。

「あの、今日は本当にありがとうございました。美味《おい》しいものを食べさせてくれただけじゃなく、ホブゴブリンを倒してくれて。あれは私たちでも苦戦していたと思います。もしかしたら、ポケが死んでいたかもしれないです」

ボーイッシュなビビは黙っていれば男の子に思えてしまうような見た目だが、喋《しゃべ》るとやっぱりちゃんとしている。

それだけに、依頼主に挨拶《あいさつ》をしないあの態度はもったいない。だが、もしかすると、そういうことを教えてくれる人が周りにいなかっただけかもしれない。

俺はビビの隣に座り、思わず彼女の頭を撫《な》でていた。

しかし、年頃の女の子に軽々しく触るなんて、決していいことではない。やっちまったとすぐに手を離して、おそるおそるビビの反応を見ると、恥ずかしそうに俯《うつむ》いている。

セクハラで訴えられるかもとか、勝手に頭を撫《な》でるなんてと殴《なぐ》られるかもとか考えたが、ビビは何も言ってこない。ひとまず安心したが、一応、勝手に触ってしまったことは謝ろう。

「ご、ごめんね。嫌だったね。こんなおっさんに頭を撫《な》でられるのは」

「全然嫌じゃないです。逆に嬉しいです。私たちは孤児で、頭を撫《な》でてくれるような大人はいなかったので」

ビビは頭を横に振っていた。

そういえば、シオンが冒険者は孤児が多いって言っていたのを思い出す。やっぱり、色々なことを教えてくれる大人がいなかったんだな。ならばこの依頼の間にでも、人への接し方や、依頼主に挨拶《あいさつ》くらいはした方がいいことを伝えてあげよう。

それからビビと色んな話をしていたら、モブが起きてきて、眉間に皺《しわ》を寄せて睨《にら》んできた。

なるほどそうか、そういうことか。分かりやすいやつだ。

「モブくんもビビさんも、俺はもう寝ないから、寝てていいよ」

「私に『さん』はいらないですよ、ミーツさん」

ビビは俺に対して、いつの間にか親しげな口調になっていた。それを聞いたモブが俺を怒鳴《どな》りつけるためか大声を出そうとする気配がしたから、咄嗟《とっさ》にそばに寄ってその口を手で塞《ふさ》ぐ。そして、耳元で囁《ささや》いた。

「みんな寝てるから、大きな声を出すのはやめような。文句があったら明日の休憩のときでも組み手に付き合うよ？」

そう言って彼の目を見つめると、今にも俺を殺しそうなくらいの強さで睨《にら》み返してきて、ボソリと「殺してやる。ビビに近付くな」とだけ言った。手にはナイフが握られている。

しかし、モブの手首を掴み少し力を込めると、ナイフは彼の手から落ちて地面に刺さる。モブは俺を睨《にら》んだまま舌打ちをした。

「チッ、分かった。明日だな、明日殺してやる」

モブは身体の力をゆるめ、今は戦う意志はないと、空いているもう片方の手を上げる。それを確認して、俺も手を放してモブから離れた。

モブは自身が持ってきていたマントを羽織り直してその場に座り、俺を睨《にら》んだままあとは微動だにしなかった。

そんなモブを気にしながらビビのところへ戻ると、彼女は驚いていた。

「ミーツさん、凄《すご》い！　モブのところまで馬三頭分くらい離れてたのに、あっという間に移動しちゃうなんて。ミーツさん、本当にGランクですか？　レベルはいくつ？　冒険者になる前は何してたんですか？」

ビビから質問攻めにされるが、答えにくいことばかり聞かれてしまって、返事に困る。

とりあえずレベルを確認すると、レベル15になっていた。なんとなく、他のステータスの表記はまだ見たくないので、目標レベルをシオンと同じ50にして、そこに到達したら見ようと決めた。

「ビビもお休み。明日はモブと組み手をするから、ビビもよかったら参加しなよ。だから明日のためにも、休めるときに休みなさい」

今度は素直に言うことを聞いて、まだこちらを睨《にら》んでいるモブのところまで小走りで行き、彼が羽織っているマントを受け取ってゴロンと横になる。寝付きがいいのか、そのまますぐに寝息を立てはじめた。モブはそれでも俺を睨《にら》みつけていたが、俺がビビやモブから視線を外すと、弟のポケと一緒の布にくるまって、やっと眠りについた。

夜間の見張りといってもすることはなく、あたりに魔物や盗賊が現れないか警戒するくらいで正直暇だ。暇すぎて、見張りを買って出ておいて、寝てしまいそうになる。

仕方なく、想像魔法の可能性でも検証しようと前にギルドの訓練場でやった指先から火が出る想像魔法を試していたら、気付けば十匹ほどの狼が近くに来ており、唸り声を上げていた。

突然でびっくりしたが、すぐに気持ちを切り替えて短槍を素早く持ち、狼を突き刺していく。結局、ものの数秒で終わってしまった。今回は身体能力のみで倒すことができた。

狼の毛皮を剥《は》いで肉と毛皮に分けようと、ナイフを取り出して狼に突き刺す。すると、先程まで生きていたことを知らせる、嫌な温かさを手に感じる。

でも毛皮は依頼主の商人に渡せば喜ぶだろうし、いい暇潰《つぶ》しができたと思うことにした。

まだ血も流れるし、川でやった方がいいんだが、ここから川までは少し距離がある。だから想像魔法を使って水を出しつつ、洗っては削《そ》ぐといったことを繰り返していく。

こうして、狼の解体に時間をかけるうちに、夜が更けていった。

第三話

夜が明けて、一番に起きてきたのはニックだった。

「やあ、おはようニック。……黙り込んでどうしたんだ？」

「それは、こっちのセリフだぞ。これどうしたんだ？」

ニックが寝起きの眠そうな目で見たものは、積み上げられた狼十四分の毛皮だ。

肉も別に分けていて、骨だけ魔法で地面に穴を掘って埋めた。動物の毛皮を剥《は》いだのは初めてだったので、最初の一匹は失敗したが、残りの九匹はなんとか見られるくらいには剥《は》ぐことができた。ままあの出来で自己満足に浸っていたところに、ニックが起きてきたのだ。

「みんなが寝静まった後に襲ってきたから、全部倒して暇潰《つぶ》しに毛皮を剥《は》いでみた」

「暇潰《つぶ》しでこの数かよ……」

俺の言葉に、ニックは呆《あき》れた顔をする。しかしすぐに諦《あきら》めたのか、俺の横にどかっと座った。

「なんで、おっさんが見張りしてたんだ？　最後はビビかモブのはずだぞ」

「ビビの当番のときにたまたま目が覚めて、もう寝られそうになかったから代わったんだよ」

「ビビはよく交代したな？　あの子は真面目だから、絶対自分がやるって言いそうだけど」

「最初は代わらなかったよ。でも雑談してるうちにビビと仲良くなってね。明日のためにも休んだ方がいいって言ったら、大人しく交代してくれた」

「夜に何があったんだよ！　まさか、ビビとヤッたのか？」

「なんでそうも下衆《げす》いことを考えられるかね。普通に会話して仲良くなったと思えないのか？」

「だってあのビビがなあ」

今更だが、ビビってどういう子なんだろうか。真面目な子なのは見ていて分かったが、それ以外ではどうなんだろう。戦闘についても、モブ同様ビビの動きも見ていないが、それは今日の組み手のときに分かるか。

「あ、そうだ。今日の休憩はモブと組み手をするから、悪いけどニックとはできないよ」

「え、なんでだよ！　なんでそういう話に――」

「ミーツさん、おはよう」

ニックの文句を遮《さえぎ》るように、依頼主の商人が声をかけてきた。

「おはようございます！」

立ち上がって俺も挨拶《あいさつ》を返すが、ニックは座ったままこちらを向きもしない。

「こら、朝の挨拶《あいさつ》くらいしろよ、ニック！」

「普通しないって」

ニックは俺の注意に、不貞腐《ふてくさ》れたようにブスッとしている。

彼みたいな、ランクが上の冒険者のこういう言動をするのを見て、モブたちも学ぶんだろう。だから挨拶《あいさつ》をしない態度がよくない冒険者が増えるんだ。

そこにビビも起きてきて、なんと俺たちに挨拶《あいさつ》をした。

「おはようございます。ミーツさん、商人さん、ニックさん」

「な！　どうしたんだよ、ビビ。お前、挨拶《あいさつ》なんてしたことないじゃないか」

「ニック、これが人の本来あるべき姿だよ。先輩冒険者が率先して見せてあげるべき姿なんだよ」

「おっさんの入れ知恵か！」

「確かに俺の助言だが、こうすることで依頼主との関係が良好になるなら、その方がよくないか？」

「まあそうだけどよ……。でも、俺が今まで見てきた冒険者は挨拶《あいさつ》なんてしてなかったし、しなくてもいいみたいなことも言っていたんだが」

やっぱり、他の冒険者もしていないか。それでも、ニックやビビがこの先していくことによって、他の冒険者も真似《まね》するようになればいいなと思う。

その後、ニックたちと話していたら、モブとポケも起きてきた。もちろん二人とも挨拶《あいさつ》はしなかった。でもポケは、モブとビビが挨拶《あいさつ》するようになったら自然と真似《まね》しそうだ。

とりあえず今日は、モブに組み手と称して色々と躾《しつけ》をしてみよう。モブの方は、俺を殺す勢いでくるだろうけど。

俺がこういうことを考えているのをシオンに知られたら、「ミーツのくせに偉そうに！」と言われそうだな。想像するだけで笑えてしまう。

「みなさん起きたようなので、準備ができ次第出発しましょうか」

依頼主である商人の言葉を合図に、モブとニックは寝るときに使った布や道具を急いで片付けていく。俺はというと、依頼主を呼び止めて昨夜の話をした。

「昨夜、狼を倒して毛皮を剥《は》いだんですが、どうされますか？　ついでに肉もありますが」

「それでしたら買い取りますよ。でもいいんですか？　ご自身でギルドに売らなくても」

「いいですよ。あまり荷物になるものを持ち歩きたくないですからね」

先程ニックに見つかった後、モブたちには見られないように風呂敷に包んでおいた毛皮と肉を、商人の前に出してみせた。

「え、こんなにですか？　一人で倒したんですか？」

「そうですけど、弱かったから簡単でしたよ。毛皮を剥《は》ぐ方が大変だったくらいです」

「よくお一人で倒しましたね。おっ、これは、このあたりでよく出る狼の魔物とは違いますね。少し高めに買い取らせてもらいますよ」

「お、マジですか？　一昨日ちょっとした出費があったので、嬉しいです」

立て替えた、あの高校生たちの十日分の宿代が金貨一枚銀貨四枚だったのに加えて、俺の留守の間に払っている宿代もあって結構な出費をしていたから、正直かなり助かる。一体どのくらいで買い取ってくれるのだろうと、ドキドキした。

「では、金貨一枚と銀貨一枚でいいですか？　内訳は毛皮で金貨一枚、肉で銀貨一枚です。肉は筋ばっかりで硬くて美味《おい》しくないので、目的地の村で干し肉用に売るつもりです」

「もちろん構いません。ありがとうございます」

あんな狼の毛皮と肉で金貨と銀貨一枚ずつにもなるなんて、びっくりだ。無事、商人に狼を売って金を受け取ったところで、ニックたちの準備が整ったらしく、移動を開始することになった。

また小走りで馬車についていくが、昨日より今日の方が疲れがないことに気が付いた。

昨夜の狼との戦いでまたレベルが上がって、とんでもないステータスになっているんだろうかと思ったが、ひとまずこの依頼の間は考えるのをやめた。

街道に戻り、しばらく走っていると、馬車が急に停まった。

俺は馬車の横を走っていたが、その理由は分からなかった。

すると、反対側を走っていたニックがこちらに来て、小声で盗賊だと教えてくれた。まだ姿は見えないが前方にいるらしい。今現在、別の馬車の略奪が行われているようなのだ。

「ニック、なんで気が付いたんだ？　そういったスキルを持ってるのか？」

「そうだな。スキルもだが、あとは経験だな」

「しばらくここにいて、やり過ごせるか様子を見ましょうか」

商人はニックと俺に、そう提案した。でも俺は商人に尋《たず》ねる。

「商人さん、護衛のためにみんなをここに残しますので、私だけ様子を見てきてもよろしいでしょうか？　相手が倒せるくらいの実力なら倒してきますし、無理そうなら遠回りして逃げるんで、ダメでしょうか？」

「いいですよ。このままここにいても、どのくらいかかるか分からないですから」

ダメ元で聞いてみたが、案外簡単に許可が下りた。

「ニック、冒険者が盗賊を殺した場合ってどうなるんだ？　何か処分的なことってあるのかな」

「ないな。盗賊は捕らえられれば処刑か、罪の軽いやつでも鉱山送りや辛《つら》い仕事に回されることになるから、いっそここで殺してやるのが一番だぜ」

「分かった。なら俺が様子を見てくるから、ニックはここの護衛を頼むな」

ニックに商人の護衛を頼み、盗賊たちのもとへ全力疾走した。三秒ほどで馬車らしきものが見えてくる。意外と近くだったんだなと思いながら木に隠れて覗《のぞ》いてみると、本当に略奪が行われていた。

馬車の横の地面に、六人の人間が転がっている。成人男性四人と、性別不明だが老人二人のようで、既に殺されているのか微動だにしない。馬も殺されていて、荷台から荷物を持ち出している盗賊たちが何人いるかは数えきれなかった。

他に生存者はいないかと見渡す。すると、女性を四人見つけたが、彼女たちは今まさに複数人の盗賊に犯されようとしていた。

これは助けに行くべきだろうと思ったとき、俺は盗賊たちに見つかり、囲まれてしまった。

「テメエはなんだ、旅人か？　有り金全部よこしたら、命だけは助けてやってもいいぜ。げへへ」

「お前、前にもそう言って金取った後、殺したじゃねえか、がははは」

「バラすなよ。殺す楽しみがなくなるだろうが！　げへへ」

盗賊たちは俺を見て、にやにや笑う。

最悪だ。なんでこんなひどいことが平気でできるんだ？　俺は呆然《ぼうぜん》としてしまう。

これから犯されようとしている子と目が合い「助けて！」と大きな声で言われた。しかしその子は目の前にいる盗賊に頬《ほお》を叩《たた》かれ、あげく首を絞《し》められて殺されてしまった。

それを見て俺は頭に血が上り、キレた。これまでの人生でキレたことはそう何度もないと思うが、中でも記憶がなくなるほどにキレたのは初めてだ。


気が付いたら、盗賊たちは皆殺しにされていた。どうやら俺がやったようだ。

頭を槍や剣で貫かれた者、胴体を裂かれた者に、下半身丸出しで胴体と脚が分かれている者もいる。盗賊たちの身体はバラバラになっていて、どうにか数えると全部で十五人もいた。

我に返って自分の身体を見れば、手は真っ赤に染まり、頭から血を被ったかのように全身真っ赤に染まっていた。そんな俺を見て、襲われていた女性が怯《おび》えた表情で震えている。よほど俺のことが怖かったのだろう。

とりあえず身綺麗《みぎれい》にしたくて、自分自身に清潔になるような想像魔法をかける。

そして俺は女性に近付き、彼女たちにも想像魔法で綺麗《きれい》にした。みんな服や髪が泥だらけな上に、返り血なのか血も被っていたからだ。

「ありがとうございます」

助けたことと身綺麗《みぎれい》にしてあげたことにより、三十代前半くらいの年長者らしき女性がお礼を言った。話を聞くと、襲われたのは次の村に向かう途中の乗り合い馬車で、殺されてしまった男のうちの二人は護衛だったらしい。

女性と話をしていたら、ニックと商人たちがやってきて、この惨状を見回した。

「おっさん、これ、あんたがやったのか？」

「あ、ああ。人生で初めてブチ切れて、やってしまったらしい」

「らしい？　記憶がないのか？」

「ああ、ほとんどない。男も老人も既に殺されていて、しかも若い女性が目の前で殺されてしまったのを見て、頭に血が上った。それからの記憶が曖昧《あいまい》だ。俺にとって縁もゆかりもない人たちだが、眼前で人が殺されるのを見るのは初めてのことだったからね」

ドラマや映画ではそんな場面も数多く見てきたが、現実に目の前で人が殺されていく様は生々しく、今思い出しても震えてしまうほどだった。助けるためとはいえ、自分も同じことをしてしまったわけだが。

「とりあえず、遺体は埋めましょう。血の臭いで魔物たちが寄ってきますので」

一人で思い出しながら身震いしていると、商人が提案してきた。

「私にやらせてください、この惨状は私の責任ですから。そうだ、殺されてしまった男性や老人のお連れの方がいたら、別れを言ってあげてください。彼らも埋めますので」

俺は盗賊たちの遺体を掴んで、草木の生えていない土の上に放り投げた。そうして盗賊たちの遺体を積み重ね、想像魔法で火をつける。しかし数が多いからかあまり燃えない。今度は強めに炎を出せば、盗賊たちの死体は巨大な火柱に包まれてしまった。

俺がやっていることだが、証拠を隠滅《いんめつ》するかのように燃やしていく。人間の焼ける嫌な臭いがしたが、自分のしたことだから仕方なく見守った。

そろそろ燃え尽きそうなところで、女性たちが駆け寄ってきて、盗賊に殺されてしまった人たちとの別れが済んだと伝えてくれた。彼らを埋める作業は、ニックとモブ、ポケ、ビビも手伝ってくれた。魔法で穴を掘ることもできるが、これは人間の手でやった方がいいと判断したからだ。

こうして予定外すぎる事態は終わり、生き残った女性たちも一緒に村へ向かうことになった。

しかし商人の馬車は荷物でいっぱいで、人が乗るスペースはない。無理すれば一人、二人は乗せられるかもしれないが、女性は三人いるため、みんなで歩くことにする。

村に着く頃にはもう日も暮れかけてたものの、なんとか今日中にたどり着くことができた。そこでようやく安心したのか、女性たちは泣いてしまった。

第四話

村に着いたといっても、正確にはまだ村の中に入っていない。なぜなら、村の門が閉まっている。

村の周りは、丸太を積み上げて造られた壁に馬車がギリギリ一台通れる程度の木製の門があるが、門番らしき人は外にいない。

ニックが門を叩《たた》き、盗賊から救った女性たちと商人が来たと大きな声を上げると、近くにいたらしき門番が姿を現して、やっと村の中に入ることができた。

女性たちはこの村の出身で、王都まで出稼ぎに出ていて、帰ってくる途中で運悪く盗賊と遭遇《そうぐう》してしまったという。泣いて喜びながら、家族が待っている家々に帰っていった。

商人は護衛の依頼達成として、俺やニックたちが渡した木札にスラスラとサインをした。

「ミーツさんは初めての護衛依頼でしたね。説明しておきますと、通常、護衛依頼はギルドから渡されている木札に依頼主がサインして、依頼達成となります。報酬はギルドで受け取ってください。ところで、ミーツさんにすぐに帰らなくてはいけない用事がなければ、数日後の帰りの護衛もお願いしたいのですが。いかがでしょうか？」

「あ、私は構いませんよ。ニックとビビたちはどうする？」

「俺も構わねえよ。このままだ帰るより、報酬がもらえた方がいいからな」

「私たちもニックさんと同じです」

どうやらみんな問題ないようだ。改めて、俺が代表して依頼主に返事をする。

「商人さん、そういうことなので、帰りの護衛依頼も受けます」

「はい、ありがとうございます。ではその分は、帰ったときに追加でサインをいたします」

商人との話も終わり、夜も更けてきたので、俺たちも村の宿に泊まることにした。

「モブ、組み手は明日付き合うから、今日はこのまま宿に泊まろう」

「フンッ、ああ、そうだな。明日がおっさん、あんたの終わりの日だ」

モブは弟のポケとビビを引き連れて、この町に来るたびに泊まっているという宿へ向かう。ビビはモブについていく前に、俺の方に来て頭を下げた。

「ミーツさん、ごめんなさい。明日はモブと一緒によろしくお願いします」

「ああ、大丈夫だよ。こちらこそよろしく」

「これは内緒だけど、今日ミーツさんが盗賊を全滅させたとき、モブはミーツさんを恐れてしまったみたい。だからといって、明日は手を抜かないでくださいね」

ビビはそれだけ言うと、小走りでモブを追いかけていった。その間モブは少し離れたところでビビを待っていたが、今にも斬りかかってきそうな勢いでこちらを睨《にら》んでいた。

「やっぱりビビはいい子だな」

「あいつがあんなことを言うなんてな。おっさんの影響か？　でもおっさん、ビビに惚《ほ》れるなよ？　ビビに手を出したらモブに恨《うら》まれるぜ」

ニックがにやにやと俺を見てくる。何を言ってるんだ、こいつは。

「ニックは、俺が自分の半分も生きてない年齢の子を好きになると思うのか？　さすがにあんな子供を好きになるわけないだろ。それに、既にモブには恨《うら》まれてるよ。明日の組み手は俺を殺すつもりで来るだろうしね」

「おっさん、やっぱりビビに手を出したんじゃ……ってイッテエな！」

ニックがまたもゲスいことを口走ったので、頭を軽く叩《たた》いてやる。あまり強い力では叩《たた》いていないはずだが、ニックは頭をさすりながら涙目になっていた。

「ハハハ、ニックさんもミーツさんも面白いですね。さあ、完全に暗くなる前に宿に向かいましょう」

商人に促されて後をついていくと、今日助けた女性のうちの一人がやってきて、自分の両親が経営している宿に泊まってほしいと言ってきた。

ここはあまり広い村ではないが、宿は全部で三つある。次の村や街までかなり距離があるため、冒険者や旅人はこの村に泊まることが多いそうだ。

女性は、今回助けてくれたお礼ということで、無料で何日でも泊まっていいと言ってくれる。さすがに無料は申し訳ないと断ろうとするも、ニックと商人は食い気味にありがたいと受け入れてしまった。

こうなると逆に断りにくい。それでは一泊だけ甘えようと思って、女性の両親が経営している宿にみんなで向かった。

宿に着くと、女性の両親に、娘を助けてくれてありがとうと涙を流しながら手を握られ、感謝されてしまった。他に客がいる中でのことだったので気まずい空気になったものの、ちょうどそのタイミングでニックの腹が盛大に鳴り、一転この場は笑いに包まれた。いい仕事するな、ニック。

そして、宿の主人が食事にしましょうと言ってくれたので、俺たちは宿の食堂にてようやく温かい食事にありつけた。

温かい食事ではあったが、残念ながらお世辞《せじ》にも美味《おい》しいとは言えなかった。ほぼ透明なシチューのようなものに、少しカビの生えている硬いパン、そしてエールと呼ばれる炭酸が抜けたアルコールと、味の薄いビールだったからだ。

しかし商人やニック、他の客たちも、美味《おい》しそうにバクバク食べて、中にはおかわりまでしている。俺はシチューもパンも一口食べただけでもう無理だなと思い、あとはニックに全部あげてしまった。それでも彼らはまだ食事を続けているので、先に休もうと案内された部屋に入れば、ベッドが三つある部屋だった。

どうやら、商人とニックと三人でこの部屋に寝ろということらしい。ガッカリしたが、無料で泊まらせてもらえるんだから贅沢《ぜいたく》は言っていられない。先にベッドに潜り込む。布団は普段から外に干しているのか、太陽のいい香りがした。気持ちよく眠れそうだ。

そうしてウトウトしていると、食事が終わったらしい商人とニックがドカドカと足音をさせながら部屋に入ってきた。ニックはベッドに寝っ転がるなり、すぐにイビキをかきはじめた。

商人はイビキこそかいていないが寝息が聞こえてきた。ニック同様に寝てしまったようだ。

俺は、せっかく眠りかけていたのに、ニックたちのせいで眠れなくなってしまった。

布団にくるまってスマホで時間を見ると、まだ二十一時だ。せっかくだから村の中でも見て回ろうかと部屋を出たのだが、宿屋の主人に、娘の命の恩人とはいえ村に馴染《なじ》みのない男が夜に歩き回れば面倒なことになると言われ、諦《あきら》めて部屋に戻った。ツイていないな。

昨夜から寝ていないから眠いはずなんだが、全然眠れない。とりあえずベッドに横になり、今日の出来事を思い出していた。あんなにブチ切れてしまったが、今は冷静に戻っている。

この世界では、ああいうことはこれから何度も経験するのだろう。その度にキレていたのでは、一流の冒険者にはなれないな。

悪党とはいえ初めて人間を殺してしまったのだが、なぜか後悔はない。罪悪感は多少あるが、多分キレて記憶が曖昧《あいまい》になっているせいだろう。今日は俺より劣る相手だったからよかったものの、俺より強い相手だったらと思うと、身体が震えてきた。

冒険者として正しい行動だったのかという疑問も湧《わ》いてくる。たとえ依頼主の許可を得たとはいえ、護衛対象を放ってその場を離れたのは、冒険者として、大人としてよかったのだろうか？

もしあそこで俺が死んだら、護衛対象の商人は危険な目に遭《あ》っていたはずだ。もしかしたら、商人やニックにあの若者たち、全員が死んでいたかもしれない。それだけのことを俺はやったんだと今更気付き、反省した。

次の依頼はちゃんとこなそうと心に決めたところで、結論が出たからかなんとなく眠気が来て、瞼《まぶた》が重くなり、やがて俺は意識を手放した。

次に目を覚ましたとき、枕元に置いていたスマホを見れば午前二時だった。どうりで窓の外はまだ真っ暗だ。商人やニックはまだ寝ているみたいだが、俺はさすがにもう寝ることができず、何か暇潰《つぶ》しはないかと考えるけれど、やっぱり想像魔法しか思いつかない。

仕方ない、布団を頭まで被って、想像魔法で遊んでやろう。

夕食をほとんど食べていないし、食べものでも出そうかと思ったが、ニックたちに匂《にお》いでバレそうだからやめた。そうだ、いつも出している水を自在に操れるかの実験をしてみよう。

いや、待てよ。もしできなかった場合、ベッドは水浸しで小便を漏らしたみたいになってしまうかもしれない。この実験も、後日それにふさわしい場所でやろうと考えを改めた。

それではと、今度は宙に浮くことができるかの実験に取りかかったが、案外簡単にできてしまった。

この世界に来る前から、空を飛びたいとか宙に浮きたいといった想像はしていたので、イメージがしやすく、想像魔法によって余裕で空中遊泳ができた。

宙に浮いているとき、暗くてよく見えなかったが、ニックと目が合ったような気がした。ニックは夢だと思ったのかなんなのか分からないが、すぐに寝返りを打ってまたイビキをかきはじめる。

俺は、もし本当に見つかったらヤバイと思い、これも今度一人で外に出たときにこっそり使おうと決めた。とりあえず今夜は、宙に浮くことができると分かっただけで充分だ。

ゆっくりベッドに下りて布団を被る。眠くはないが目を閉じていると、いつの間にか寝ていたようで、気付けば朝になっていた。

「おっさん、いつまで寝てるんだよ！　起きないと置いてくぞ」

まさかニックに起こされるとは思わなくて、びっくりして飛び起きた。夜中に魔法を使ったのは全部夢だったのかな？　と考えてみたが、まあ夢でも現実でもどちらでもいいか。

その後、ニックと一緒に朝食を食べに食堂へ向かう。相変わらず、宿の食事は美味《おい》しくない。

「あれ？　そういえば商人さんがいないな。ニック、知らないか？」

「依頼主なら仕事に向かったぜ。商人の朝は早いからな。それで、おっさんは今日はどうするんだ？　あの商人は多分、明日には村を出ると思うぞ」

「俺はモブに、組み手と称した躾《しつけ》をする予定だよ。一日中」

「一日中ってどんだけ執拗《しつよう》にやるんだよ！」

「執拗《しつよう》っていうより、モブの気の済むまで相手になるつもりだよ。それに、モブだけじゃなくてビビの相手もするしね。ニックも暇なら一緒にどうだい？」

「俺は遠慮するわ。なんで村に着いてまで、おっさんと一緒に行動しなきゃいけないんだ。俺は勝手に村をブラブラ散策してるぜ」

「分かった。組み手が終わった後は、あの三人にどうするか聞いて行動するよ。村の中で組み手なんてやったら住民に迷惑そうなんで、とりあえず外のどこか広い場所でやることにしよう」

「ああ、魔物には気を付けろよ」

そう言うと、ニックは宿を出てどこかに行ってしまった。

さて、あの三人が泊まった宿をどうやって捜そうか考えながら玄関を出たら、なんと俺の目の前を三人が横切った。

「あれ？　ミーツさん、どうしたんですか？　こんなところで」

三人とも驚いた顔をしているが、俺だって驚いた。まあ捜す手間が省けてよかったが。

「どうやって君たちを捜そうか考えていたんだ。食事はもう済ませたかい？」

「うん、済ませました。これからどうするか外に出て考えようって、みんなで話していたところです」

俺に対して特になんの感情もないポケがそう答えた。

「ちょうどいい、村の外で組み手をやろう。村の中では村人に迷惑をかけてしまうからね」

モブは黙って頷《うなず》く。ポケにも既に話していたのか、特になんの説明もしないまま三人は無言で俺についてきて、一緒に村の門へ行く。

村の門に門番の兄さんがいたので、これから外で組み手をやることを伝えた。すると兄さんが、三人組の組み手が終わった後でいいから、自分たちの相手もしてほしいと言ってきた。俺は、時間があればいいよと答えて村の外に出た。

村から近すぎてもいけないと思い、歩いて十分程度の、いい感じに開けた場所で行うことにした。

一対三で向かい合う。

「さて、誰からやる？　ビビかい？　それともポケかい？　俺は素手でやるが、君たちは武器を使って戦っていいよ」

わざとモブの名前を呼ばずに、さらに武器を使っていいと煽《あお》った。すると、案の定モブが一歩大きく前に出てきて怒鳴《どな》る。

「俺が最初に決まってるだろうが！　おっさん、約束通り殺してやる！」

「いつでも来ていいよ」

モブは俺を睨《にら》みつけながら、背負っているロングソードを取り出して構えた。俺はまずはモブの様子を見るため、自分からは行かずにダンク姐《ねえ》さんのようなデコピンの構えをとった。ただし、ダンク姐《ねえ》さんは人差し指と親指の構えだが、俺は普通に中指と親指の構えだ。

それを見たモブが怒りも露《あら》わに袈裟《けさ》斬りをしてきたが、俺は紙一重で躱《かわ》した。あと少しで当たると思わせるために、わざと紙一重のタイミングで躱《かわ》したのだ。

次に胴体に向かって横に斬ってきたが、それも同じタイミングで躱《かわ》す。そんなことを五分ほど続けていると、モブがゼーゼーと息を切らして酸欠状態に陥《おちい》った。そんなモブに軽くデコピンをして、尻餅《しりもち》をつかせた。

「もう終わり？　呆気《あっけ》なかったね。俺を殺すんじゃなかったの？」

「ちくしょう！　やってらあー！」

再度煽《あお》ると、顔を真っ赤にしたモブは剣を振り回しながらこちらに向かってくる。しかしさっきと同じく紙一重で躱《かわ》し、デコピンで太腿《ふともも》と両肩を打って動きを封じた。

「終わり？」

最後にモブの額にデコピンをして、意識を刈り取った。

ちょっとやりすぎたかなと思いつつ、ビビたちの方を向く。二人は少し煽《あお》ったらどのような反応をするか試そうと思った。

「モブは終わったけど、次はどっちがやる？　二人一緒でもいいよ」

俺の言葉にまずビビが反応して、ダガーを両手に一本ずつ持って構えた。それを見たポケも、俺が持ってる短槍よりもさらに短い槍を構える。

「モブとの実力の差はハッキリしてるのに、あそこまでやる必要あったんですか？　私はあなたを尊敬しかけてたのに……軽蔑《けいべつ》します」

ビビは地を這《は》う虫でも見るかのような目で俺を見てから、攻撃を仕掛けてきた。それは、軽くてスピード重視のものだった。俺にとっては余裕で見切れるレベルだが、ゴブリンやホブゴブリンには速く感じることだろう。

「二人同時でもいいって言いましたよね。僕も行かせてもらいます」

ポケもビビに続いて攻撃を仕掛けてきたが、槍を突くスピードは遅すぎる。これではゴブリンを倒すのも時間がかかるはずだ。とりあえず、ビビに気を付けながらポケの背後に回って、軽く首に衝撃を与えて気を失ってもらった。

「ポケまで、許さない！」

モブもポケも殺したわけではないのだが……。ビビは憎《にく》しみのこもった目で俺を睨《にら》み、先日のニックのように右へ左へと素早く移動しつつ、次から次へと攻撃を繰り出してきた。

そしてモブ同様、息を切らしはじめる。

「さて、そろそろ終わりかな」

「まだまだあ！　モブとポケのカタキ！」

苦しそうに息を切らしたビビは、それでもまだこちらを睨《にら》みつけ、突っ込んできた。軽く足を引っかけると、勢いそのまま盛大に転んでしまった。

顔から地面にスライディングして、さすがにヤバイと思って駆け寄る。ビビは顔をすり傷だらけにして気を失っていた。モブに対して以上にやりすぎたかもしれない……

「女の子の顔にこんな傷をつけたらマズイよなあ。まだやったことないけど、魔法でいけるかな？」

ビビを片手で抱き上げ、顔以外にも傷があったため、他の傷も治るように想像してみる。

どう想像したらいいか少し悩んだが、単純に傷が消えた姿をイメージし、清潔にするときの要領でやってみた。すると、エメラルドグリーンの鮮《あざ》やかな光がビビを覆い、傷が塞《ふさ》がっていった。どうやら成功したようだ。

外傷がないポケにはやらなかったが、モブにも同じ魔法をかける。こちらも綺麗《きれい》に傷が消え、俺が肩や太腿《ふともも》をデコピンで弾いた痕《あと》もなくなっていた。

傷を癒《いや》した頃、モブが起き上がった。

「……傷が消えてる。それどころか、身体にやる気がみなぎってる。これ、あんたがやったのか？」

この魔法に、やる気を生み出す効果まであるのかどうかは分からない。とはいえその可能性もなくはないので、とりあえず、自分の力だと言っておこう。

「そうだよ。俺が怪我《けが》をさせてしまったからね。ビビを先に癒《いや》して、その後モブを癒《いや》したんだ」

「クソ！　ビビはお前なんかには渡さない！」

「勘違《かんちが》いしてるようだから言っておくけど、ビビとは本当に何もないよ。一昨日の夜は、ビビが見張りのときにたまたま俺が起きたから、雑談してただけだし」

「だけど、頭を撫《な》でてたじゃねえか！」

「じゃあ、モブの頭も撫《な》でてやるよ。いいことをしたり、俺が偉いと思うことをしたらだけど」

「いらねえよ！　誰が、おっさんに頭を撫《な》でてもらいたいなんて言った！」

モブは真っ赤な顔をして、全力で拒否してくる。それは確かに気持ち悪いか。

「とにかく。ビビを取られるかもって思ってるようだけど、それはモブの勘違《かんちが》いなんだ。俺は子供に欲情するほど変態じゃないから。多分ビビは、お父さんの愛に飢《う》えてたんじゃないかな」

「聞いたのか、俺たちが孤児だってこと。それで同情でもしたか？」

「いや、同情なんてしないさ。同情してほしいならするけど、モブたちはそんなの望んでなんかいないだろ？」

俺の言葉に、モブは唇《くちびる》を噛《か》んで俯《うつむ》いた。子供にだって、ちゃんと矜持《きょうじ》はあるのだ。

「孤児であることは、モブたちのせいじゃない。でも、君たちが誰の行動を見て冒険者のことを学んだか分からないけど、今の態度のままじゃダメだよね。依頼主に挨拶《あいさつ》もしない、とかさ。それから戦闘についても、後で魔物との戦いも見せてもらうつもりだけど、改善しなきゃいけない点は多いと思う。アドバイスをさせてほしい。俺も戦闘のプロではないが、多少は役に立てるよ。おせっかいなのは承知している。でも、見すごせなくてね」

するとモブは顔を上げ、意を決したように言った。

「それならおっさん、あんたも武器を使って本気で相手してくれ。そしたら俺はあんたに従うよ」

「残念ながら、俺が武器を持ったらモブを殺してしまう。だから素手でやるけど、さっきみたいなデコピンではもうやらない。そして、勝ったら言うことを聞いてもらうぞ。あと、モブも本気でおいで。もしそれで俺を殺してしまったならそれでもいい」

「上等だ！」

俺が手を前に出して適当に構えると、モブは剣を槍のように構えて突っ込んできたが、俺はそれを軽くいなした。

次に、先程見た袈裟《けさ》斬りを仕掛けてくる。今度は避けずに、それを親指と人指し指で掴んだ。

「なっ……おっさん、そんなこともできるのか！」

モブは剣を手放して殴《なぐ》りかかってきたが、それも手の平で受け止め軽く掴んでやる。

「ぐあぁぁぁ！　チクショウ！　殺す！　殺してやる！」

「まだそんなことを言える立場にあると思ってるのかい？」

モブの拳を掴む手に力を込めた。

「クッソー！　痛ててて、参った、参ったから放せ！」

「まずは言葉遣いから直さないといけないな。この場合は『放してください』だよ。ちゃんと言わないと、骨が砕けるまで握るよ」

俺は手にさらに力を込めた。

「分かった！　分かった！　分かったから放してください！」

モブは俺が教えた言葉を大声で繰り返す。ひとまず合格と手を放してやったら、モブはその場に座り込んで、手を押さえた。

「目上の人間には敬語や丁寧な言葉を使うように、これから指導してやるからね」

「げ！　マジかよ……なんで俺がおっさんなんかに」

「そこ！　そこはマジかよじゃなく、本当ですか？　もしくは本気ですか？　だよ」

早速注意をして、軽〜く額にデコピンをした。

「……本気ですか」

「そうだよ。これからビシバシいくよ」

こうして、なかなか目を覚まさない二人をよそに、モブの躾《しつけ》を開始した。二人が起きるまで、ひたすらモブと二人きりで……

第五話

モブを躾《しつ》けていると、ポケが目を覚ました。

本当はビビも意識を取り戻しているが、まだ気絶したふりをしていることに俺は気付いていた。

なぜ気絶したふりをしているのかは分からないが、ひとまず気にしないでモブを躾《しつ》けていく。

「ポケが起きてきたから、もういいでしょう？」

モブはいい感じに丁寧な言葉遣いになってきていたので、とりあえず躾《しつけ》は中断することにした。

だが、モブの様子や言葉遣いが違っていることに気付いたポケが、槍を俺の方に向け叫《さけ》ぶ。

「兄ちゃんに何した！」

怒った様子で俺に突っ込んできたが、それを見たモブが慌《あわ》てて割って入った。

「ポケ、いいんだ。この人は、ミーツさんは信用してもいい大人なんだ。俺はこの人に色々教えてもらってる途中なんだよ」

「でも、兄ちゃん」

「いいんだ！　俺の言うことを信じないのか？」

モブがポケの言葉を遮《さえぎ》って強めに言った。

「分かったよ。でも僕はまだおじさん、あなたを認めてないですから」

「とりあえずはそれでいい。ポケは、俺の行動や言葉遣いを見て学べ、俺は今日から変わる」

不満げなポケを宥《なだ》めるように言うモブは、さっきまでとはまるで別人のようだ。

言葉遣いが荒くなるたびにデコピンをして注意する、というのを繰り返していくうちに、ようやくモブも変わってきた。でも、額が真っ赤なので、少しやりすぎたかな。人にちゃんと接する大切さも分かってきたようだから、そろそろデコピンは控えよう。

「ポケも起きたことだし、魔物退治でもしようか」

「まだ、ビビが起きてないですよ、師匠」

あと、モブは俺のことを師匠と呼び出した。

先程まで殺すと息巻いていたのに、凄《すご》い変わりようである。

「いや、起きてるよ。ポケが起きる前からずっと、気絶したふりをしてるんだ」

「気付いていたんですね」

ビビはやっと、バツ悪そうに起き上がった。

「ビビ、いつから起きてた！」

「ミーツさんが、私とモブを治療してくれたときからだよ」

「そんな前からかよ！　なんで気絶したふりなんかしてたんだ？」

「モブが容赦《ようしゃ》なくやられたのを見て、私も頭に血が上っちゃって……ミーツさんと戦ったの。でもあっさり負けちゃった。目が覚めたとき、傷だらけだったはずの身体が綺麗《きれい》になってるのを見て、ミーツさんが治してくれたのかなと思った。そこでやっと気持ちが落ち着いて、ミーツさんはどうして私たちにあんなに厳しくしたのか知りたくなって、気絶したふりをして様子を見てたのよ。モブも、私が気絶したままの方がよかったでしょ？」

「ああ、ビビが起きてるのを知っていたら、ミーツさんに対して素直になれなかったと思う」

さすがビビ、あの短い時間で色々と考えていたようだ。二人が落ち着いたのを確認して、俺はこの後のことについて提案をした。

「まあ詳しい話は、また夜にでも村の宿でしたらいいんじゃないか？　これからみんなで魔物退治をするからね」

「師匠！　魔物退治って何を倒すんですか？」

「モブがミーツさんを師匠って呼ぶの、違和感があるよね。ふふふ」

「うるさい！　ミーツさんは尊敬できる人だ！　だから敬うのは当たり前だ」

なんか洗脳したみたいになってしまった……。ニックに今のモブを見られたら、ヤバイ気がする。

「さっき、そこの森に二足歩行の大きな猪みたいなやつが見えたから、それを狩ってみるか」

「それってオークじゃないですか？　僕はまだオークは一人では無理です」

不安げにポケが言う。確かにポケは、あのゴブリン戦を見る限りでも、ゴブリン以上の魔物を狩るのはまだまだ無理そうだ。

「私も一人では無理かな」

「俺でギリかも」

ビビもまだ無理か。モブはどうにか一人で行けるようだが、それでも自信はないらしい。

「一人ひとりでは無理でも、全員でちゃんと連携が取れていれば大丈夫だと思うよ。まずは俺が弱らせてから、君たちがトドメを刺すやり方でもいい。とりあえず、やってみよう」

俺は石を拾い上げ、現在いる場所から少し離れた森に向かって投げた。

プロ野球選手のストレートより速いのではないかと思うくらいの速度で、石が森に消えていく。

すると「ブオオオーン」という呻《うめ》き声が聞こえ、一匹だけだと思っていた猪が五匹も出てきた。

さすがに五匹同時はこの子たちには荷が重いと感じ、短槍で猪の肩や腿《もも》を突いて、五匹全て動けない状態にした。猪はホブゴブリンよりも動きが遅く、全く動いていないのではないだろうかと思うほど簡単に終わった。猪は荒い息遣いのまま、血まみれでその場に転がっている。

「え？　ど、どうやったんですか？」

「ミーツさん、槍に血が付いているけど、いつの間に槍で倒したの？」

「え？　おじさんが石を投げてから、え？」

ポケとビビが呆気《あっけ》に取られている。石を投げてからの俺の行動が見えなかったようだ。ポケに至っては混乱している。

俺も初めて見る魔物で加減が分からなかったため、やりすぎたかもしれない。

「えーと、モブたちのレベルがいくつか分からないけど、強くなるにはレベルを上げるのが手っ取り早いと思うんだよね。今がそのチャンスだ。モブにポケにビビ、無力な猪を狩るんだ！」

俺がやらかしたのをごまかすべく、もっともらしいことを大声で伝えてみる。すると気を取り直したモブが先に動き、猪の頭を剣で貫いた。それを見たポケとビビも続く。

三人がそれぞれ一人で一匹を倒したところで俺はストップをかけ、残りの二匹はポケに倒させた。やっぱり一番レベルが低いであろう彼に経験を積ませたかったからだ。

「差し支《つか》えなければ、みんなのステータスを見せてくれないか？　もし嫌なら、レベルだけでも自己申告してほしい」

「俺はいいですよ。師匠の言うことですから」

「私もいいですよ」

「僕はまだあなたを信用してないから嫌だ」

モブとビビは了承したが、ポケは拒否か。まあ今のところは仕方ない。

「それなら、モブもビビも見せなくていいよ。レベルだけ教えてくれるか？」

「僕が出さなくたって、兄ちゃんたちのは見たらいいじゃないか！」

「それでは意味がないんだよ。二人だけ強くなってもダメなんだ」

俺はしゃがんでポケと目線を合わせると、なるべく優しく言葉をかける。

「たとえば複数の敵が現れたとき、今のポケでは二人と同じようには戦えないだろう。じゃあどうする。逃げるか、それとも隠れるのか？　君たち三人で一つのパーティだろ？　ポケも一緒に強くなって二人を支え、いずれパーティを引っ張っていけるくらいの存在になった方がいいと俺は思うんだけど、どうかな？」

ポケは俯《うつむ》いて何かを考えているようだったが、やがて顔を上げると、レベルだけ教えてくれた。

それを聞いたモブとビビも、レベルを教えてくれた。

レベルは、モブ17、ビビ15、ポケ15。さっきの猪を倒して、このレベルになったという。

倒す前だと、モブ14、ビビ12、ポケ5。

そのレベルでよくEランクまで上がれたなと、感心してしまった。

「みんな、もっとレベルを上げる必要があるな。ちなみにこの魔物って食べられるの？」

「食べられますよ。今まではギルドで換金してしまったから食べたことはないですけど、村に持っていってあげたら喜ぶと思います」

そうなのか。食べられるなら死骸はまとめて置いておくかと考えているうちに、既にモブとビビがまとめてくれていた。

「お、モブにビビ、気が利くね」

モブとビビの頭をワシャワシャと撫《な》でてやる。

ビビは嬉しそうに目を細め、モブは気恥ずかしそうに俯《うつむ》いてニヤケているようだ。それを見たポケが、悔しそうに手を握ってプルプル震わせている。

「ポケもいいことをしたら撫《な》でてもらえるよ」

アドバイスのつもりなのだろう、ビビはポケの頭に手を置いてそう言ったが、ポケは彼女の手を払い退《の》けた。

「撫《な》でてなんかもらいたくない！　兄ちゃんが嬉しそうにしてるのがムカつくんだ」

おそらくポケは、俺に対して嫉妬《しっと》していた。

そうだよな。自分の尊敬している兄が、昨日今日会ったばかりのおっさんにいいように洗脳されて懐《なつ》いているなんて、我慢できないよな。

まだポケは俺に心を開いてくれていないが、それでも彼らの動きを見ながらレベリングしなければいけない。

このレベルなのにEランクまでなれたこの子たちなら、俺よりもっと強くなるはずだ。その証拠に、ポケにさっきと同じ動きで槍を突かせてみると、レベルが少し上がっただけで随分とスピードが増していた。これなら、ゴブリン程度に苦戦することもないだろう。

その後は、全員のレベルを20まで上げるのを目標に、俺が森に入って魔物を連れてきては三人に戦わせることを繰り返した結果……モブ20、ビビ19、ポケ18までレベルを上げることができた。

ひとまずモブが目標のレベルに達成したところで、もう昼をだいぶ過ぎてしまっていたので、倒した猪と、別で倒した二足歩行の牛を食べることにした。

牛を倒したとき「これってミノタウロスってやつじゃ……」とビビが言っていたが、きっと違うだろう。ミノタウロスは牛の頭に身体は人間という化け物だが、倒した魔物は全身が牛だった。

見た目は茶色で闘牛っぽく、後ろ脚二本で立っていた。そして、鉤爪《かぎつめ》のような形をした前脚で襲ってくるのだ。見れば見るほど、やっぱり俺の知っているミノタウロスとは違う。

まずは平べったい岩を見つけ、その岩の下に隙間《すきま》ができるように大きめな石を二つ置く。これを鉄板代わりに焼肉をすることにした。タレはないが、ありがたいことにビビが塩を持っていた。

魔法で調味料を出そうと思えば出せるのだろうが、この子たちのことを信用しているとはいえ、あまりホイホイ想像魔法を使うわけにもいかない。それだけ特殊な魔法だという自覚はあった。

なお、二足歩行の猪と牛の肉は血抜きをして、川の近くに置いてきている。少しでも腐《くさ》りにくくするためだ。周りに罠を仕掛けておいたので、奪われる心配はないだろう。

第六話

レベル上げが終わる頃には、ポケも俺に懐《なつ》いてくれていた。みんなで仲良く食べたあの二足歩行の牛が意外と美味《うま》かったのと、今日一日一緒に戦ったことで距離が縮まったのだと思う。

「さて、帰りは村まで競争するか？　もちろん、俺は何かあったときのために最後を走るから」

「いいですね、やりましょう」

「私もいいですけど、ポケが不利になっちゃうんじゃないかな？」

モブもビビもやってもいいと言うが、ビビの言葉になるほどと思った。

「じゃあ、少しハンデをつけることにしようか。まずポケがスタートして、二十秒後にビビがスタート、その二十秒後にモブが走るっていうのはどうかな。最下位には罰を、一番に村に着いた人にご褒美《ほうび》をあげるとか決めたら、やる気が出るだろ？」

「それなら、僕やってもいいです」

「うん！　私もそれならやります」

「師匠、ちなみに罰ってどんなのですか？」

よかった、ポケもやる気を出してくれた。

「そうだな、村に着くまでの時間分くすぐりの刑とかどうだろう。あとは、村の門番の組み手に付き合わなくてはいけないとか？」

「げっ、マジですか？」

「げって、モブはどっちが嫌なんだ？　組み手か、それともくすぐりの刑？」

「私だったらくすぐりがマシかなあ」

「僕は組み手はやってもいいですけど、くすぐりは嫌です」

「俺は組み手がい……嫌じゃないけど、くすぐりの刑の方がいいデス」

モブが組み手が嫌と言いそうになったので軽く睨《にら》んだら、慌《あわ》てて言い直した。

「分かった。それならモブとビビはくすぐりの刑で、ポケは村の人との組み手でいいな。じゃあ一番を取ったらどうしようかな。夜に俺がマッサージしてやろうか？」

「それ気持ちいいの？」

「ポケ、試してみたいか？　多分気持ちいいと思うよ。試しに後でニックにやってみせよう」

「可哀想、ニックさん……」

「ビビ、そんなことないぞ。気持ちよすぎて喜ぶかもしれないよ」

「俺は遠慮したいです」

どうやら不評のようだ。他に何がいいだろうと考えると、いいことを思いついた。

「俺の、この今着てる服をあげるっていうのはどうだろう。モブたちにはまだ大きすぎるけど、でも格好いいだろ？」

「師匠のセンスは壊滅的ですね」

「ミーツさん、それはないです」

「僕はそれ、いいと思いますけど、確かに僕には大きすぎます」

「「えっ！　ポケ、本気⁉」」

唯一いい反応をくれたポケに、モブとビビが揃って叫《さけ》ぶ。

「ポケ、本当に格好いいと思ってるのか？」

「ミーツさんのセンスのなさを見続けて麻痺《まひ》しちゃったんじゃない？」

散々な言われようである。

俺ってそんなにセンスが悪いのだろうか。この世界に来たときの服は昔、友達と買ったもので、そんなに悪くなかったはずだが。あ、でも、あの高校生たちにも笑われたな……

よし、帰ったらシオンとダンク姐《ねえ》さんに、この服装について改めて意見を聞こう。きっとポケ以外の若者には、この服のセンスのよさは分からないのだろう。

「二人への褒美《ほうび》は、足裏マッサージにしてあげるよ。これはやられてるときは少し痛いかもだけど、終わればすっきりするからやった方がいいよ。そうだ、順位関係なく二人にはやってあげよう。これは決定だ。ちなみに逃げても無駄だから、必ず追いかけて捕まえる」

俺は昔、足裏マッサージの資格を取ろうと勉強していたことがあったので、ある程度の知識は持っていた。だから問題ないはずだ。決して、センスを馬鹿にされたお返しではない。

「マ、マジか」

「私はちょっと興味あるけど、ミーツさんの痛いって言葉が引っかかる」

「僕には何かありますか？」

「そうだな、王都に帰ったらポケに何か買ってあげようか。もしくは、村で何か美味《うま》いものを食べさせてやるとか？」

「僕は何かを食べるんだったら、みんなと一緒がいいです」

「ポケはいい子だな」

ポケは懐《なつ》けばとても可愛《かわい》い子で、思わず頭を撫《な》でていた。

「僕は今、ご褒美《ほうび》をもらいました」

ポケが俯《うつむ》いて何か呟《つぶや》いたようだが、よく聞こえなかった。

「じゃあ、ポケには村に着くまでに考えておくよ。よし、始めようか！　俺はちょっと猪と牛の肉を取ってくるから、その間に始めていいよ」

始めていいよと言った瞬間、ポケはダッシュして走り去っていった。レベルを上げただけあって、随分と速くなったものだと感心したが、呆《ほう》けて見ている場合ではない。俺もダッシュで川まで肉を取りに行った。


俺が先程までモブたちがいたところに戻ってきたときには、もうみんないなかった。

肉を担《かつ》いで、先を走っているであろうモブたちを追いかけると、五秒後くらいにモブの背中を捉えた。どうやらモブは、まだビビやポケに追いついていないようだ。

「師匠！　絶対ポケのハンデはやりすぎですって！　絶対追いつけないです」

うん、それは俺もポケのダッシュを見たときに思った。けれどそれを口にしたら、俺の判断が間違っていたと認めたことになってしまうので、あえて活を入れてみよう。

「モブ、お前ならできる！　できるはずだ！　気合いだ、気合いを入れろ！」

どこかで聞いたことのあるフレーズを言いつつ、モブの背中を強めに叩《たた》く。すると、かなり痛かったのか涙目になったが、すぐに目つきが変わったような気がする。そして、全力で走っていたはずのモブのペースがさらに上がった。

おお、やればできるじゃないか！　と思いながら俺の方は余裕でついていったら、やがてビビの背中を捉えた。そしてビビの二十メートル先くらいにポケもいた。

だがもう村まであと少しの距離だ。このまま行けば、ポケが勝てるかもしれない。しかしビビもまだ余力を残しているようだから、まだ可能性は充分ある。

さて誰が勝つだろうかと見ていれば、やっぱりビビが最後に追い抜いて勝利した。ラスト五十メートルというところで、ビビが一気にスピードを上げたのだ。元々スピード重視の戦い方をするビビは、普段から速さを意識して行動していたから、多分狙い通りだったのだと思う。思ったより持久力もあったみたいだ。

続いてポケ、最後にモブがゴールした。ギリギリでポケが逃げ切ったという感じだ。

今日も門は閉まっているので、俺は肉を地面に置き、門を叩《たた》いて門番を呼んだ。すると朝に挨拶《あいさつ》をした兄さんが出てきて、嬉しそうに、今度は自分たちとも組み手をお願いしますと頭を下げた。

ん？　今、自分たちと言ったか？

門番の兄さんは二人いて、そのうちの一人がどこかに走っていった。

「兄さん、もしかして組み手するのは二人だけじゃないのか？」

「はい！　自分を入れて六人います」

出発前に約束してしまった手前、人数関係なく組み手をしなければならない。しかし、もう一人の門番に連れられてきた仲間たちは、俺を見てざわめいた。そして俺と話していた兄さんも交えて、何やら相談を始める。

「あの、こちらからお願いしたことなんですが、やっぱり組み手はなしでお願いします」

戻ってきた兄さんは、そう言うと申し訳なさそうに頭を下げた。人数が増えたことで、俺が怒ってやめるとでも言うと思ったのだろうか。

「人数が増えても、こっちは別に構わないよ？　六人でも十人でも相手になるよ」

門番の兄さんは黙って俯《うつむ》いてしまったが、背後にいる仲間の一人が怒ったように前に出てきた。

「おい、ハッキリ言えよ！　おっさん、あんた最低ランクのGランクじゃねえかよ。チッ、誰だよ、おっさんの凄腕《すごうで》冒険者が来たとか言ったやつ。こちとら道具屋のあの子を口説いてたってのによ」

言われて門番の仲間たちを見ると、彼らの顔は俺がGランクだからと見下《みくだ》していた。

隠していたわけではないが、どうやって俺がGランクだと知ったのだろう……と思ったが、俺のギルド証である首飾りが服の上に出ていた。なるほど、これで分かったのか。

一日中モブたちのレベル上げで魔物を相手にしていたから、服の中に隠れていたギルド証が自然と表に出たのだろう。

組み手の必要がなくなったならもういいかなと、地面に下ろしていた猪と牛の肉を担《かつ》ぎ上げる。

さあ移動しようというところで、俺の真横でモブがブルブルと震えながら叫《さけ》んだ。

「テメエら！　師匠はＧランクでも、Ｃランク以上の実力を持ってんだぞ！　師匠を侮辱《ぶじょく》するなら俺が相手になってやる、武器を取りやがれ！」

「そ、そうだよ。兄ちゃんの言う通りだよ。門番のおじさんたち、僕も、あ、相手になってやる」

「そうだよねえ。ミーツさんをここまで馬鹿にされたら、さすがにカチンと来るよねえ」

モブだけではなくポケとビビも俺のために怒ってくれている。門番の兄さんを含めた仲間たちに向かってモブは剣を抜き、ポケは槍を構え、そしてビビは両手にダガーを持ちリズムよく飛び跳ねている。

「へえ、ガキどもが俺たちの相手になるってよ！」

「ハハハ、見逃してやるから、怪我《けが》しないうちに帰りな。あ、お嬢ちゃんは置いていけよ」

門番の兄さんは俯《うつむ》いて震えているだけで、他の仲間たちはクズだった。そんなクズの言葉に真っ先に動いたのはモブだ。

モブは俺を見下《みくだ》しているクズの首元に剣で斬りかかったが、ギリギリのところで俺がその剣先を指で掴んで止めた。

「ヒィ、な、なんだよ。いつの間に動きやがった」

クズはモブと俺の動きが見えなかったらしく、股間《こかん》を濡らして尻餅《しりもち》をつくと、急いで後退りする。

「師匠、なんで止めるんだよ！　あいつら師匠を馬鹿にしただけでも許せないのに、ビビを置いてけって言ったんだ。殺されてもしょうがないだろう」

「モブ、落ち着け。ポケもビビも手を出しちゃダメだ。君たちは今後、依頼でまたこの村を訪れることもあるだろう。揉《も》め事は起こすな」

いくらクズとはいえ相手は村人だ。それに、実力はこちらの方が圧倒的に上だと分かる。実力差があるのに怒りに任せて手を出してしまえば、確実にこちらが悪いことになる。ギルドからも何かしらの罰が下《くだ》るだろう。

俺はこちらの世界の常識が分からないから、村人を手にかければどうなるかなんて知らない。だが、ただでは済まないことは確かだ。

俺の言葉にモブは渋々といった感じだが、剣を引いて鞘《さや》にしまった。ポケも槍の先を上にし、ビビも両手を下げた。先程まで笑っていたクズどもは、完全に戦意喪失していた。

「おじさんって……俺はまだ二十三歳だあ！」

そんなとき、今まで俯《うつむ》いてプルプルと震えていた門番の兄さんが自分の年齢を叫《さけ》んだ。どうやら、先程ポケにおじさん呼ばわりされたことをひどく気にしていたらしい。

それにより殺伐《さつばつ》とした空気が一変して、笑いが起きた。といっても、笑っているのは俺たちだけだが。向こうのクズどもはすっかりモブを恐れているのか、完全に怯《おび》えた目でこちらを見ている。

「お、ミーツのおっさんじゃん。どした？　こんな村の入口で」

そこへ何も知らないニックが、呑気《のんき》にやってきた。俺たちと門番の間に不穏な空気が流れていることに気付いたようだが、あえて何も言おうとしなかった。

「その肉、おっさんが狩ってきたのか？　結構いい肉みたいじゃねえか、宿屋のおやっさんに調理してもらって食おうぜ」

「ああ、いいよ」

「よっしゃ！　腹減ってんだ。商人のおっさんも明日には帰るだろうし、俺たちも宿に戻ってメシにしようぜ」

ニックは俺の背後に回り込むと、無理矢理背中を押して宿の方へ向かう。クズどもはじっと黙っていた。モブに対してだけでなく、ニックにも怯《おび》えているようだ。

別の宿屋に泊まっていたモブたちも、そちらを引き払って俺が泊まっている宿に来た。そして宿の食堂で、俺たちが狩った肉をみんなで美味《おい》しくいただいた。

食事も終わって、モブたちとニックが今日魔物を倒した話をしているとき、俺はやらなければいけないことを思い出した。それはマッサージと罰についてだ。

「さあ腹いっぱいになったし、そろそろ罰を受けてもらおうかな」

椅子に座っているモブの肩に片手を置いて動けなくした後、もう片方の手でモブの脇をくすぐっていく。最初はモブもくすぐったそうに笑っていたが、次第に笑いとも悲鳴とも聞こえる声に変わり、最終的に失禁して泣いてしまった。

これはさすがに俺も反省して、モブの身体と服を魔法で綺麗《きれい》にしてやった。

「ミーツさん、罰とはいえここまでする必要があったんですか？」

「兄ちゃんが、兄ちゃんが……」

「おっさん、ひどいな、モブが何したってんだよ」

みんなから口々に責められる。

「正直やりすぎたと思ってるよ。途中から楽しくなっちゃってねえ。モブ、悪かった。謝るよ」

「ゔゔゔ、いいでず。昨日までの俺の師匠に対ずる態度への罰どじだらじょうがないど思いまず」

「そう、そこだよ！　なんでモブはおっさんのことを師匠って呼んでんだよ！　昨日まではおっさん殺すとか言っていたのによ」

「うん、まあ、それは後でモブに直接聞いてくれよ。俺はモブに師匠と呼ぶのをやめさせたいんだから。さあ罰も終わったし、次は人によっては罰ともご褒美《ほうび》ともなるマッサージの時間だよ。最初の相手はニックだ」

「はあ？　なんで俺？」

今、宿屋の食堂には俺たちしかいないため、やりたい放題だ。ニックの足を掴んで床に転がし、そのまま横になってもらった。俺がマッサージと言った瞬間、ビビとポケがスペースを作るためにテーブルや椅子をずらしてくれていたので、俺は遠慮なくニックの靴を脱がして裸足にする。そして親指をグリグリとニックの足裏に押しつけはじめた。

「イテエ、イテエっておっさん！　ギャアアアアアッ」

ニックは、足裏マッサージを受けはじめたときは、痛い痛いと床を叩《たた》いたりのたうち回ったりしていた。しかし、次第に悲鳴に変わり、最後には気絶してしまった。モブのくすぐりの刑のときと似たような流れだが、ニックは大人だし大丈夫だろう。

気絶してしまっては仕方ない。次は誰にしようかと周りを見ると、モブと目が合った。次は彼だと手を伸ばしたら、もの凄《すご》い勢いで逃げていった。

階段を駆け上がり、扉を閉める音が響いた。どうやら自分たちが泊まる部屋に逃げ込んだらしい。では今日のところはお開きにしようと、移動していた椅子を元に戻そうとしたところで、ビビとポケが同時に俺の手に触れた。

「くすぐりは嫌ですけど、ニックさんと同じマッサージはしてほしいです」

「私も。ミーツさん、私たちにもしてくれるって言ってたじゃない」

「いいのかい？　ニックが気絶するほどだよ？」

二人が笑顔で頷《うなず》いたことにより、マッサージは俺が泊まっている部屋で行うことにした。

今日は一人部屋を確保したため、二人には俺の部屋で待っていてもらう。その間に、まだ気絶しているニックを、昨夜商人と泊まっていた部屋が今日も空いているというので、そこへ寝かせた。

そして俺の部屋に入る。既に二人は裸足でベッドで横になっていた。どちらからやろうか悩んだのち、ビビから足裏マッサージを行うと、気持ちいいと言いながら寝てしまった。

そのまま寝かせておいて、続いてポケのマッサージをしてやれば、ビビと同じく気持ちよさそうに眠ってしまう。仕方ないので、宿の主人に彼らの部屋の場所を聞き、二人を抱っこして連れていった。そのときにはもうモブは寝ていたため、見逃してやることにする。

どうやらビビとポケは完全に健康体で、しかも若いからか、身体の悪いところもないらしく、足裏マッサージで痛みは感じなかったらしい。羨《うらや》ましいなと思いつつ、俺も自身の部屋で休んだ。

第七話

思ったより早く眠ることができたが、昨夜と同じでまた夜中に目を覚ましてしまった。

今日は一人部屋なので、ベッドの上でしばらく火を扱った想像魔法を色々試してみる。そうして再び眠りについたものの、明るくなって目を覚ますと、今度は身体が怠《だる》くてやる気が出ない。

頭も痛くぼんやりして、考えることもままならない。もしかして風邪でもひいたんだろうかと思ったが、やっぱり考えることも面倒で、そのままベッドで横になっている。そうしたら、誰かが扉を開けて部屋に入ってきた。

「ミーツのおっさん、まだ寝てんのかよ。起っきろー！　そろそろ商人の護衛で王都に帰るぜ」

入ってきた早々大きな声で起こしてきたのは、どうやらニックのようだ。しかし俺は目を開けるのも億劫《おっくう》で、動かずにじっとしていた。すると声が続く。

「え、師匠？　まだ寝てんの？」

「ミーツさん、なんだか様子がおかしくない？」

「ホントだ。兄ちゃん、何かおかしいよ」

ニックだけでなく三人組もいるらしい。起き上がるだけの気力がなく、横になったままなんとか状況を伝える。

「わ、悪い。風邪をひいてしまったようだ。この感じだと熱も結構あるかもしれない。だから俺に構わず、王都までの護衛をしてくれ。明日か明後日には治るだろうから、また王都で会おう」

多分いつもの声量ではなかっただろうが、なんとか絞《しぼ》り出した声に、ニックは残念そうに「そっか、分かった」とだけ答えて部屋から出ていった。

モブたちはまだ部屋に残っているようだが、俺は怠《だる》さが限界で、モブたちに声をかけてあげることもできずに眠ってしまった。

眠っている間、夢なのかなんなのか分からないが意識がフワフワとしている中、頭に冷たいものを載せられて、気持ちがよかった。

少し身体が楽になった気がして意識を周りに向けてみると、ボソボソと話し声が聞こえてきたので、ゆっくり目を開けてみた。

ベッドのそばにビビが濡れた布を持って立っていて、ポケが井戸から汲《く》んできたであろう水の入った木桶《きおけ》を持って、近くに待機していた。

モブは何もしてはいないが、泣きそうな顔で俺を見つめている。

「なんでここにいるんだ？　今日、商人と王都に帰ったはずだろう」

「こんな状態のミーツさんを置いていけませんよ」

「そうだぜ、師匠！　俺たちが師匠と一緒に村に残ると言ったら、商人のおっさんも帰るのを延期にしたんだよ。でもニックは、一人でも平気だから帰るとか言ってたな」

「師匠！　僕たちの師匠なんだから、早く元気になってください」

モブの言葉遣いが、昨日門番たちと一悶着《ひともんちゃく》あったあたりから元に戻りつつあるのは、気が付いて

いた。だがそれよりも、ポケまで俺のことを師匠と呼んでいるのはどういうことだ。モブの師匠呼びだけでもやめさせたいのに、ポケにまで言われては、もう止めることができなくなってしまう。いや、今のうちにやめさせないといけない。

「ニックさんは、昨日ミーツさんがやってくれたマッサージのおかげで、凄《すご》く元気になったんですよ。もちろん私とポケも、昨日の疲れも全くなくスッキリしてます」

「そうか、よかったね。ところでモブにポケ、俺のことを師匠と呼ぶのはやめてくれないか？」

せっかくビビがマッサージの効果を伝えてくれたけれど、俺の頭の中は師匠呼びのことでいっぱいだ。しかしモブとポケは、頑《かたく》なに拒否する。

「嫌だ。師匠は師匠だし、今更おっさんとか呼べない」

「ぼ、僕も嫌です。兄ちゃんが師匠って呼ぶんだから、僕も呼びます」

ダメだ。熱のせいであまり頭が回らなくて、師匠呼びをやめさせる方法が思いつかない。しかも、俺はまた意識を失った。

次に目を覚ますと、そばにいるのはモブだけになっていたが、外の明るさを見る限り、まだ昼過ぎくらいのようだ。

「お、師匠、起きたか。ついさっき、ビビとポケにメシを食ってくるように言ったばかりなんだ。

だから悪いけど、看病は俺一人だよ。師匠も腹減っただろ？　さっき宿屋の人に頼んで作ってもらったスープがあるんだ。身体を起こせるかい？」

モブはベッドの近くに置いてあるテーブルから、スープの入った底の深い皿を持ってくる。一緒に、木でできたスプーンを俺の方に近付けてきた。

だいぶ眠ったことで、身体は少し楽になったようだ。俺はゆっくり上半身を起こしてモブから皿を受け取ろうとするが、彼は皿を渡そうとしない。スプーンでスープをすくうと俺の口元に運び、食べさせてくれた。

口にしたスープは、スープというより飲みものだった。温めた牛乳にパンを浸して崩したようなもので、たまにドロリとしたパンが口に入る。まずいはずなのだが、優しい味に感じた。

ここで、食事を終えたビビとポケが戻ってきた。

「あー！　モブがミーツさんに食事させてるー！　その役目は私がしたかったのにー！」

「ビビ、うるさいぞ！　師匠は病気なんだから静かにしろ」

「でも、兄ちゃん、いいなあ。僕もそれしたかったのになあ」

三人して、俺に食事をさせたがっている。最初はあんなに反抗的だった子たちがここまで懐《なつ》いてくれたのは、正直とても嬉しい。

「ふふふ、本当に君たちはいい子だね。モブなんか、俺のことを殺すとか言ってたけど」

「いや、あのときは、だってさ、師匠がビビに……」

モブはしどろもどろになっているが、手だけは休まず俺の口元にスプーンを運んでくれていた。

俺も風邪になんか負けていられないと思い、食事を終わらせてから、魔力を身体中に巡らして体内に入ったであろう細菌かウイルスを探してみる。しかし想像が足りなかったのか、それとも元々細菌などいなかったのか、体内の血液には何の異物もないのを確認した。

何もないならなぜこんなに熱が出るのか悩んだが、やっぱり頭がぼんやりしていまいち考えがまとまらない。だから、思いつくままに想像魔法で治療してみることにした。

イメージとしては、元の元気な身体だ。昨日モブとビビの身体の傷を癒《いや》したみたいに、自分自身の腹に両手を当て、体内にMPを流し込んで自身を治療する想像魔法を使う。すると、自分でも分かるくらいに全身が光り出した。エメラルドグリーンの光が、身体から溢《あふ》れ続ける。

しばらくすると光は弱くなり、やがて消えていった。続けて眠気が来たので、そのまま横になり瞼《まぶた》を閉じた。

「今、ミーツさんが使ったのってなんだったのかな？　分かる、モブ？」

「さあな、分からないけど、師匠が何かやったんだと思う。何やったんだろうな」

「僕も気になるけど、師匠のことだから予想もつかないことだと思う」

なんとなく完全に意識を失う前にモブたちが話しているのが耳に入ってきたが、俺は眠りに抗えず、意識を失った。

どれほど眠っていたのか、目が覚めたとき、椅子に座ったビビが、俺の寝ているベッドに頭を載せて眠っていた。ポケも椅子に座ったまま船を漕《こ》いでいて、モブは立った状態で腕を組み、壁に寄りかかって寝ていた。

カーテンが開いていたので外を見ると、日が沈んで暗くなっていた。ビビたちを起こさないように、そっとスマホを取り出して時間を見てみたら、十九時を回っている。俺がビビの頭を撫《な》でていたら、彼女が目を覚ました。

「あ、ミーツさん、起きたんですね。もう大丈夫なんですか？」

第一声で、俺のことを気遣う言葉をかけてくれる。俺はさっきよりかなり身体が楽になっているのを確認して、上半身を起こした。どうやら治療の効果があったらしい。

「ああ、もう大丈夫みたいだ」

「よかった。さっきミーツさんが寝る前に、ミーツさんの身体が凄《すご》く光ったからびっくりしたんですよ。あれ、なんだったの？」

ビビに鋭い質問をされてしまったそのとき、立っていたモブが起き、ポケも目を覚ました。

「師匠、大丈夫か！　さっき、いきなり光ってたけど、なんだったんだ」

どうやらモブも気になっていたようだ。確かに、いきなり身体が光ったら誰でも驚くだろう。こんなに俺を心配してくれているなら説明してあげたいが、やっぱりそれはできない。

「うん、ビビにも今聞かれたんだけど、あれは魔法だよ。モブとビビの傷を癒《いや》すときに使った魔法を、俺自身に使ったんだ。それ以外は秘密だね」

「私たちにも秘密ですか？」

「僕たちには教えてほしいな」

「ビビやポケたちにも言えないんだ。悪いけど、これは本当に言えない。君たちのことは信用してるけど、簡単に言えることじゃないんだよ。ただ一つだけ言えることがあるとするなら、俺はこの世界の人間じゃないってことくらいかな」

「「「え？」」」

モブたち三人は驚きの声を上げた。

「神様とかか？」

「兄ちゃん違うよ！　きっと勇者様だよ」

「でも、おじさんの勇者なんて聞いたことないよ」

「俺は元々違う世界に住んでいた人間ってだけで、今はこの世界の住人だから、君たちと何も変わらないといえば変わらないけどね」

「ふふふ、なんだかミーツさんらしいですね」

「うん」

「だな！」

詳しくは言えない俺のことを、三人は笑って受け入れてくれた。

俺はすっかり軽くなった身体でベッドから下り、みんなに声をかけた。

「さて、風邪は治ったし、メシでも食いに行くか！」

しかし村の食事の終わる時間は早く、宿の食堂でも既に夕食が食べられない状況だった。

仕方なく部屋に戻り、モブたちには部屋の外で待ってもらって、護衛初日に出したハンバーガーを五十個と、ついでにコーラ二リットルのペットボトル三本を一緒に出した。そうしてからモブたちを招き入れ、ハンバーガーを見せたら、三人とも目を輝かせて我先にと手を伸ばした。

「ほらほら、そんなにがっつくと喉に詰まらせるぞ。飲みものはコーラがあるから」

「え、それ、飲みものなの？　黒い飲みものって毒じゃないの？」

ビビが怪しんで手を出そうとしなかったので、毒味とばかりに三人の目の前で一口飲んでやる。するとおそるおそるといった感じで、モブが別のペットボトルの蓋を開け、プシュッと炭酸の抜ける音にビクッと驚いた。それでも意を決したように、思いっきりペットボトルを傾けてラッパ飲みするも、盛大に口の中のものを噴き出した。

「うわあ、兄ちゃん、汚いよお」

「モブ、大丈夫？　やっぱり毒だった？」

「く、口の中で爆発した……。師匠！　やっぱり毒じゃねえかよ」

毒と言い出すモブにデコピンをし、彼らが持ってきていた木のコップにコーラを注いでみせる。

シュワシュワと泡が出ているのが不思議なのか、ビビとポケはコップの中を見つめていた。

「一気に飲むからキツいんだよ。少しずつ飲んでごらん。それで慣れたらゴクゴクと飲むといい」

「俺はもう飲まない。師匠はああ言ってるけど、ポケもビビもやめとけ」

「でも、ミーツさんが私たちに毒なんか出すかなあ。私はちょっと飲んでみたい」

「師匠が毒を出すならもっと早く出していたと思うし、僕も飲んでみる」

モブが止めるも、二人は言うことを聞かずにコーラを少し口に含んだ。炭酸の感じを楽しんでいるのか、ポケとビビは口を閉じたまま見つめ合って笑っている。

「どうだい？　意外と美味《おい》しいだろ？」

「うん！　すっごく不思議な飲みものですね！　モブも飲みなよ。不思議だよお。口の中でシュワシュワして、しばらくしたらシュワシュワがなくなって美味《おい》しいの！」

「そうだよ、兄ちゃん！　ビビの言う通りだよ。楽しい飲みものだよ」

「……分かった。二人がそこまで言うなら、俺も飲んでみる」

モブは半信半疑といった様子でもう一度ペットボトルを手に取ると、少しだけコーラを口に入れる。そして口を閉じたまま、ポケとビビを交互に見て笑い出した。

「スゲエ！　ちょっとだったら楽しい！　師匠、これは毒じゃないな」

「だから言っただろう？　この食べものも飲みものも多分この世界にはないから、食べたらゴミは持って帰るよ。他の人に知られないように、明日にでも燃やすからさ」

三人が喜んでくれてよかった。コーラの味も分かってくれたところで、安心してハンバーガーを食べようとしたら、ビビが提案をしてくる。

「ミーツさん。これ、自分の部屋に持ってっちゃダメですか？　ミーツさんは病み上がりだし、私たちが一緒だと疲れるでしょ？　だからこれは部屋で食べたいんです。ゴミは明日ミーツさんのところに持ってくるから」

「そうだな。師匠、今日はこのまま休んでくれ。たくさん寝てもう眠くないかもしれないけど、身体を休めて明日には王都に帰ろうぜ。行くぞ、ポケ、持てるだけ持っていくんだ」

「うん、分かったよ、兄ちゃん。師匠、こんな楽しいものをくれてありがとう」

俺はまだいいよとも言っていないが、モブたち三人はハンバーガーを持てるだけ……と言いながら全部持っていってしまった。俺はコーラを一口飲んだだけで、ハンバーガーは食べていなかったのだが。

とはいえ、これもみんなの優しさだ。またハンバーガーを出す気も起きなかったので仕方なくベッドに横になり、眠くはないが目を閉じる。すると自然と意識が遠くなりはじめ、思ったより疲れていたのかもと思いながら、本日何度目か分からない眠りについた。

第八話

翌日、夜中に起きることなく朝まで眠れた。ほとんど一日中眠っていたはずなのに少し倦怠感《けんたいかん》があるのは、おそらく寝すぎによるものだろう。

時間は少し早いが、せっかく起きたのだからと、昨夜モブたちが持っていったハンバーガーのゴミを回収するべく彼らの部屋を訪れる。ビビとポケはまだ眠っていたものの、モブは既に起きてゴミをまとめていた。

ペットボトルは今後水筒代わりに使いたいということで回収はせず、ハンバーガーの包みだけを持ち、自身の荷物に入れておく。後で燃やす場所を探さなければ。

宿を出るとき、やっぱり昨日と一昨日の分の宿代だけでも払おうとしたが、肉を渡したのと宿の娘を助けたことで代金はいらないと言われてしまう。いくら言っても受け取ってもらえなかったので、忘れものをしたと一旦部屋に戻り、ベッドの上に銀貨一枚を置いてから宿を出た。

村を歩きながら、ゴミを燃やせる場所はないかと探してみたが、朝早くからまばらではあるが人がいたため断念した。

まだ出発時間には早すぎる。護衛の商人も起きていないだろうと思い、村の中を散歩してみることにした。考えるのは、王都に帰るための護衛のことだ。俺のせいで予定が一日遅れてしまったのだから、どうにか挽回《ばんかい》しなければいけない。色々な方法を考えていると、商人が乗っている馬車が前方から走ってきた。気付けば結構な時間を歩いていたようだ。

「あれ？　ミーツさん、もうご病気は大丈夫なんですか？」

「はい、おかげさまで。寝すぎて気怠《けだる》さはあるものの、今日帰れるくらいには回復しました。昨日休んだ分、今日の護衛は任せてください」

俺が回復した姿を見せると、商人は安心したように頷《うなず》いた。せっかくここで会えたのだからと、俺は先程まで考えていたことを商人に話してみることにした。

「ところで商人さんは、私が魔法を使えることはもうご存じですよね？　それで、試したことはまだないんですが、商人さんが許可してくださるなら、今日王都に帰るとき、馬が常に全力で走れる魔法を使いたいと思っているんです。いかがでしょうか？」

俺の提案に、商人は少し考えてから口を開く。

「私にとって凄《すご》く魅力的なことですが、それは危険な魔法ではないのでしょうか？　魔法の効果が切れたときに馬に死なれたら、私も商売ができなくなります」

「その点は大丈夫だと思います。それにもし、私の魔法で馬が死んでしまったなら、もちろん弁償します。商人さんにとって馬は家族みたいな存在でしょうが、商人さんが気に入る馬が見つかるまでとことん付き合います。許可していただけるなら、村を出て少し進んだところで、馬に一度だけ鞭《むち》を打ってください。そうしたら私が馬と並走して、馬に全力で走れる魔法をかけ続けます」

「なるほど、分かりました。では後ほどよろしくお願いします。正直、護衛はミーツさんだけで充分な気もしますけどね」

「いえ、それは難しいと思います。私は初めて使う魔法を馬にかけ続けるので、不測の事態に対処できないこともあるかもしれません。もちろんそうならないよう注意はしますが、モブたちの力は絶対に必要です」

「そ、そうですね。ミーツさんは本当にGランクなんですか？　しっかりしていて、とてもGランクの方の考え方とは思えないんですが……。では後ほど、護衛をよろしくお願いします」

商人は馬車に乗ったまま頭を下げて、村の門の方に向かっていった。

さて、自分から商人に魔法を使うと言った手前、失敗はできない。想像魔法の使い方をよく考えていたら、俺が泊まっていた宿からモブたち三人と、あくびをするニックが出てきた。ニックは昨日のうちに王都へ帰ったと思っていたが、まだいたんだな。

「ちょっと、ミーツさん、なんで先に出ちゃうんですか！　部屋に迎えに行ったらいないなんて、もう王都に戻っちゃったかと思いましたよ」

「本当ですよ、師匠！　僕たちの部屋に来たんなら、そのまま一緒に出てくれればいいのに」

「師匠、あの後まさか一人で宿を出るなんて思いもしなかったよ」

　モブたちは、俺への不満を口々に言ってきた。

「ごめんごめん。昨日看病してくれた君たちに黙って宿を出たのはよくなかった。でも、理由もなく一人で先に出たわけではないから、勘弁《かんべん》してくれよ」

「ミーツさん、何かあったの？」

　モブたちの文句ももっともだと思い謝ると、ビビが理由を求めてきた。

「昨夜のゴミを処理しておこうと思って外に出たんだけど、朝早くから意外と人がいたからできなかったんだよ。それからは、今日の護衛のことを考えていた。詳しい内容はまだ言えないけど、商人さんには伝えてあるから、モブたちはとにかく頑張《がんば》ってくれ」

「つーかミーツのおっさんよお。モブだけじゃなく、なんでポケまでおっさんのことを師匠って呼んでんだよ」

「それは俺も分からない。この前も言ったけど、俺はやめさせたいと思ってるんだけどね。そういえばモブは言葉遣いも元に戻っちゃってるし、また教育し直さないといけないな。あ、そうだ！この機会にニックも言葉遣いを丁寧にしてみたらどうだ？」

「言葉遣い？　なんの話だ？」

俺の言葉にニックはきょとんとしている。そうか、ニックはモブの言葉遣いが丁寧になったことを知らないのか。といっても、言葉遣いが正しくなっていた時間は短かったし、無理もない。

「そ、そうだそうだ！　ニックも師匠の地獄の組み手を受けなよ！　って痛っ」

モブが地獄と言った瞬間、その額に軽くデコピンをした。

「地獄とはひどいなあ、モブくん。ああ、そうだ、君はまた言葉遣いが荒くなってきてるみたいだから、荒いと感じたらデコピンするからね」

「師匠、もう既にやってるよ！　あ、いや、やってます」

「いやいや絶対におかしいだろ、何があったんだ、モブ！　モブがこんなおかしな様子なのに、なんでビビとポケは目を逸《そ》らしてるんだ！　よほどおっさんの躾《しつけ》という名の組み手がひどかったのか？」

「イエイエ、ニックサン。トンデモナイデス」

モブはニックになぜかカタコトで話しているが、これまたなぜかニックを見ないでどこか遠くを見つめている。

「ああ、そういえば、ニック、多分この三人は、もうニックより強くなってるから」

「はあ？　何言ってんだ。俺はゴブリンごときに苦戦とかありえないぜ」

「今のポケなら、ゴブリンどころか一人でオークくらいは倒せるだけの実力があると思うよ」

「ええ！　そ、そんなの僕には無理ですよお」

ポケは慌《あわ》てて首を横に振るが、自分で思っているより実力がついているはずだ。

「試しに休憩のときにでも、ニックと組み手をしてみればいいよ。ただ、ニックはその頃には疲れ切っているだろうけどね。そうしたら俺がまた、足の裏をマッサージしてやるよ」

「い、嫌だ。あれだけは勘弁《かんべん》してくれ！　確かに翌日は身体が軽くなったけど、あの痛さは半端なかったぜ。まだ、ポケと組み手をやった方がマシだ」

本気で嫌がるニックには、また隙《すき》を見てやってあげることにしよう。

それからみんなで今日の予定などを話し合っていると、商人が俺たちのもとにやってきた。

「ミーツさん、そろそろ出発しようと思うんですが、準備はいかがですか？」

「あ、はい、大丈夫です。すみません、こちらから行かなければいけなかったのに、わざわざ来ていただいて」

商人に頭を下げて、急いで馬車が停めてあるところへ向かう。

護衛の配置は、先頭にニック、馬車を挟んでモブ、ビビ、ポケで、最後尾に俺の順番だ。一列に並んで門を出ようとしたとき、門の前には一昨日組み手をお願いしてきた門番の兄さんと、顔を腫《は》らしたクズたちが並んでいた。

一瞬驚いたものの、気にせずに通りすぎようとする。しかし、門番の兄さんが、俺の胸に手を当て、頭を下げた。

「この前は、うちの仲間がすみませんでした」

謝ってきた兄さんの顔も、少し腫《は》れている。一昨日のことはそんなに気にしていなかったし、早く護衛の仕事に戻りたかったのだが、門番の兄さんは昨日のニックの行動を話してくれた。

あのクズどもは、昨日ニックにコテンパンに叩《たた》きのめされたらしい。ニックは一昨日の悶着《もんちゃく》について の詳細をモブたちから聞き、たとえ短い期間でも行動をともにしている仲間を馬鹿にされたことが許せないと、門番の休憩所に殴《なぐ》り込んだとか……

ニックはたまに依頼でこの村に来ることがあって、そのときに門番たちに組み手や訓練をしてやっているそうだ。今後のことを思えば、ニックには悪いことをしたな。こうなったら、カバーできるときはカバーしてやろう。

門番の兄さんは再度頭を下げようとしたが、俺はそれを止めた。

「もういいよ。俺は気にしてないからさ。それより、君は悪くないのに、巻き込まれて災難だったね。君のことは後でニックに伝えておくよ。俺はこの村には当分来ないと思うけど、これに懲《こ》りたらもう低ランクの冒険者を見下《みくだ》さないことだね。低ランクだからって弱いとは限らないから」

「ニックさんにも言われました。今回の護衛にあたった冒険者の中で、あなたが一番強いことも」

結局、泣きそうな顔をしていた彼は、俺が止める間もなく頭を下げた。そして、他のクズどもも一斉に頭を下げて大声で「すみませんでした」と謝ってきた。俺は仕方なく、軽く手を上げて「またね」とだけ言った。そうして門を出ると、外で待っていた商人とモブたちは何が起きたのかと驚いていた。

「すみません、お待たせしました。ニック、ありがとな。そしてこれからのことはスマン」

「なんのことだよ。俺はおっさんに礼を言われるようなことはしてないぜ。……スマンってのはどういう意味だ？」

ニックは昨日のことは、しらを切るつもりのようだ。俺が謝っていることについては本気で分かっていないみたいだが、それはすぐに分かることだから、今度は俺がしらを切る。ニックの肩をポンと軽く叩《たた》いてから商人の馬車に近付き、馬の背に手を置いて商人に合図を送る。すると、商人は馬に鞭《むち》を打った。魔法を使う許可が出たらしい。

ニックとモブたちは一斉に「え？」と驚き、馬車を見る。瞬間、馬車は勢いよく走り出し、俺は馬が疲労しないように想像魔法で少しずつＭＰを流しながら、馬の横を走った。

背後を振り向くと、少し遅れてはいるもののモブとビビにポケ、そして最後尾のニックがついてこられているので、俺は安心して馬を回復することに徹した。

走りに走ったら、十分程度で行きの道中で盗賊を殺《あや》めてしまったところまで着いてしまった。そこで商人が休憩を提案したが、俺は断った。

その頃にはモブとビビは馬車と並走していたし、少し後ろを走るポケも含めて、三人ともそんなに疲れた風に見えなかったからだ。

その代わり、ニックが嘘だろと言わんばかりの顔をしてショックを受けている。それでも、彼ももう少し余裕がありそうだったため、走りながらモブに彼とポケの様子を見るように伝えるだけで、俺は引き続き馬に魔法を使うことに集中した。

そして、昼を少し過ぎた頃には最初の日に野営した場所にたどり着き、そこで休憩を取ることになった。ニックは馬車の後ろにしがみついたまま、荒く息を吐《は》いている。

あの三人はというと、ポケはモブに背負われていたが、そのモブは遅れることなくついてきており、ビビも座り込んでいても「疲れたー！」と声に出して言えるくらいの余裕はあった。俺はさすがに息が乱れ、ＭＰが切れかけていた。

休憩の時間を長めに取り、食事や身体を休めるなど各々好きに過ごしていると、体力が回復したのか、三人組が武器を使った寸止め形式の組み手を始めた。その頃にはニックも普通に食事ができるくらいに回復して、少し離れたところに座ってモブたちの組み手を見ていた。

俺も隣に座ったら、彼がいきなり怒鳴《どな》ってきた。

「おいおい、何なんだ、お前ら！　モブの動きがゴブリンと戦ってたときと全く違うじゃねえか！

ポケもそうだ、あんなに遅かった槍の突き方が、洗練されてるじゃねえかよ！　ビビは元々素早かったが、それでもまだ目で追えるスピードだったのに、今は動きが見えねえ。おっさん、あいつらに何したんだ？」

「何って、レベルを上げただけだよ。あとはモブの調きょ……ゲフンゲフン、いや、躾《しつけ》だよ」

「今、調教って言わなかったか？　やっぱりモブにやったのって、躾《しつけ》なんかじゃなかったんだろ！」

「いやいやいや、ちょっと風邪の名残《なごり》で咳《せき》が出てしまっただけだよ。それより思い出したんだけど、ニックにホブゴブリンを倒したときの魔法を見せるって約束してたよな。こっちはこっちで、軽く組み手をしようか？　その魔法を使うからさ。言ってただろ、勝ち逃げは許さないって」

「いや、魔法ってそれ、俺が食らうと間違いなく死ぬだろ。それに、モブたちを一日であんなに強くしたおっさんに勝てるとは思えない。勘弁《かんべん》してくれ、頼む」

ニックは頭を下げた。

そこまでされたら、残念だが仕方ない。あの魔法は今度シオンにでも使ってみよう。ダンク姐《ねえ》さんは危険を察知して避けそうだから、シオンが適任だろう。

「なあ、ニックのレベルって今はどれくらいだ？　15以上20以下かい？」

「ああ、そうだな。20まではないくらいだ」

「なら、やっぱりモブの方が上だね」

「モブの方が上？　おっさん、何言ってんだ？　あいつは確かまだ、15あたりだったはずだ」

「今、ポケでも17くらいまでいってるんじゃないかな」

「だから、あんなに洗練された突きを放てるのか……」

呟《つぶや》いたニックの顔は引きつっている。

「どうだい？　やっぱりニックもレベル上げをやってみたくなっただろ？」

「そんなニヤニヤした顔で言われても、絶対に俺は断る！　おっさんを師匠なんて呼ぶようにはなりたくない」

「それは俺だって嫌だよ！　勝手にあいつらが呼んでくるだけなんだから」

「あの、師匠。ニックと喋《しゃべ》っているくらい元気なら、俺たちと組み手してくれませんか？」

ニックと話していると、タイムリーに師匠と呼ばれる。

見上げれば、いつの間にか組み手をやめていたモブたちが目の前にいた。

俺は了承し、先程モブたちが組み手をしていた場所まで行って、無手《むて》でモブたちに手招きをする。

まずは武器を構えたモブから斬りかかってきた。

モブの剣を避けると、横からビビのダガーが迫ってくる。それを紙一重で避けて地面を転がったところに、頭上からポケの槍が狙ってきたので、咄嗟《とっさ》に刃先を避けて柄を掴んだ。そのまま力任せに振り回したら、槍を持っていたポケが遠心力で宙を舞い、運悪くビビとモブに突っ込んでしまい、三人まとめて地面に倒れ込んだ。

「師匠、ポケを使うなんてズルイですよ」

「ホントホント、モブの言う通りだわ」

「うーん、目が回る」

「いやいや、俺も必死だったんだよ。モブだけじゃなくて、ビビのダガーを避けるのも精一杯だったんだ。ポケが槍を掴まれたときにすぐに手を放して俺と距離をとっていたら、逆に俺が負けていたと思うよ」

「え、マジで？　師匠をあと一歩まで追い詰めていたなんて」

「ホントだね。ミーツさん、まだ余裕あると思ってた。倒れたりしてたのって演技だと思ってた」

「じゃあ、僕のせいで負けちゃったんだ」

俺の分析に、ポケが肩を落とす。それでもこれだけの戦いができたんだから落ち込む必要はないと、俺はポケの頭を撫《な》でた。

「ポケ、気を落とす必要はないよ。今の三人の力なら、よほど強い魔物じゃない限り倒せると思う。まあ、モブたちよりランクが低い俺が言っても説得力ないけどね」

「「そんなことないですよ！」」

「師匠のおかげで俺たちは強くなれたんだ。師匠なら、俺たちなんて簡単に追い抜きます！」

「ありがとう、モブ。今回、俺はホブゴブリンと、二足歩行の牛と豚を何体か倒しただけだからどうだろうな。ランクアップできればいいけどね」

モブたちと話していたら、商人が近寄ってきて、そろそろ出発できそうか聞かれた。みんな準備はできていた。

俺は商人に、この後は戦闘時以外はニックを馬車後部の空いているスペースに乗せてもらうようお願いしておく。

ただ、出発しようとしたとき、どうもＭＰの回復が遅いことに気が付いた。最後に見たＭＰ残量からあまり回復していなかったのだ。まあ、気にしても仕方ないか。

「モブ、ポケがまた馬車についていくのが辛《つら》そうになったら、ニックと同じところに乗せてやってくれ。それと、これから森に入れば、行きと同様に魔物が出るだろうけど、俺は商人さんと馬車を優先して森を突き抜ける方向で行くから、戦闘はモブたちに任せる。よほどのことがない限り、俺は戦闘に参加しない。頑張《がんば》って」

「「はい！」」

「みんな、悪いな。魔物が現れたら降りるからよ」

俺は馬の背に手を置いて商人に合図を送ると、休憩前と同じように商人も馬に鞭《むち》を打とうと構えたが、実際に鞭《むち》を打つ前に馬は走り出してしまった。商人は後ろに転げそうになりながらも慌《あわ》てて手綱《たづな》を引っ張るけれど、馬は負けじと前のめりで走りに走っていく。

すぐに行きのとき最初にゴブリンに襲われた森に入ったが、なんだか妙に空気が重い。というか、森に入った瞬間に肌《はだ》がピリついた気がした。馬車の横を走るモブも何かを感じ取ったのか、顔つきが変わり、あたりを気にしているようだった。

そんな違和感の理由は、しばらくして分かった。おびただしい数のゴブリンやホブゴブリンが、馬車を取り囲むように突然現れたからだ。ざっと見ただけでも百体以上はいるだろう。順調に走っていた馬も怯《おび》えて脚を止めた。

モブとビビを見ると、二人とも一応武器を構えてはいるが、ブルブルと震えている。

俺は活路を開くべく短槍を片手に持ち、背後にいるビビにダガーを一本借りようと振り向いたところ、彼女がホブゴブリン三体に襲われていた。

モブがビビを襲っているホブゴブリンを即座に倒したが、それで状況が変わったわけではなく、かえってゴブリンたちを興奮状態にさせてしまった。

「モブ！　俺が活路を開く！　商人さんと馬車を避難させてくれ！」

俺は急いで片手を馬の背に載せて、疲れずに森を全速力で駆け抜けられるだけのＭＰを流し込む。

そうして次に、風の刃が馬車と仲間を守りながら四方八方に飛ぶ想像魔法を使ってみる。すると、風が俺を中心にグルグルと竜巻のようにうねり、やがて刃となってヒュンヒュンと音を立ててゴブリンや木々を切り裂きはじめた。

「商人さん、今です、馬に鞭《むち》を打ってください！　みんな、後は頼む！」

再度声を張り上げ、商人は馬に鞭《むち》を打ち、馬も全速力で走り出した。俺も少し離れてついていく。

俺は、想像魔法による風の刃で死んでいくゴブリンを見ながら、このまま無事に森を抜けさせてくれと願う。

しかし、俺を中心に出ていた風の刃が突然途切れた。それを見た一匹のゴブリンが、太い木の棒で俺に殴《なぐ》りかかってきたが、即座に槍で一突きして倒す。

だがそれを皮切りに、他のゴブリンとホブゴブリンも一斉に襲いかかってきた。

俺は片手に短槍、もう片手には薬草採取用のナイフを持ってゴブリンの大群と戦うが、先を走る馬車のことが気になって上手く立ち回れない。昨日の病気による気怠《けだる》さもまだ完全には抜けておらず、重たい身体を必死に動かし、とにかくゴブリンの大群を馬車に近付けないように、時々木を横に倒しつつ、その行く手を塞《ふさ》いだ。

そんな俺のもどかしさは、だんだんと離れていく馬車を確認することで解消された。

これで心置きなく戦えると、迫るゴブリンの大群をナイフで斬り裂き、槍で突き倒していく。

しかし、途中でナイフが折れてしまった。薬草採取用だからか、それとも生き物を斬るのに向いていなかったのか。だが考えている暇はない。俺は槍のみでゴブリンの大群を倒していった。

どのくらいの時間が経っただろうか。雑魚《ざこ》であるゴブリンでも、たくさんいれば苦戦するというもので、体力もＭＰも底をつきはじめていた。

だが、なおも襲いかかってくるゴブリンを倒していたら、遠くからモブの声が聞こえた気がした。

「師匠！　どこですかー！」

戦いすぎた疲れで幻聴が聞こえたのだろうと、気を引き締める意味でも片手で自身の頬《ほお》を叩《たた》くが、声は再度聞こえた。

「しーしょーおー！　うわあ、これ全部師匠がやったんですか？」

声のする方に振り向けば、モブが目の前に来ていて、倒れているゴブリンの数に驚いていた。

「幻聴ではなかったか。モブ、馬車は？　俺は馬車の護衛を頼んだはずだけど？」

「大丈夫です。馬の走る速さは変わらずに、無事に森を抜けました。ニックたちが後は任せろって言ってくれたので、俺は師匠の手伝いに来たんです。あの速さで進めば、今頃は王都に着いていると思います」

モブが来てくれて正直助かった。そう思ったら、一気に気が抜けて、膝がガクガクと震え出した。

「モブ、馬車が無事なら、さっさとこんな森は脱出しよう！　悪いが肩を貸してくれないか」

「俺の肩でよければ、どうぞ」

モブの肩に体重をかけ、カッスカスの体力を振り絞《しぼ》って彼と一緒に走る。走りながらも襲いかかってくるゴブリンを槍で倒していく。

そんな状態のままようやく森を脱出できると思ったとき、二足歩行の牛が三頭、行く手を阻《はば》んだ。

俺はもうとっくに体力など尽きていて、気力だけで走っていたため、牛の相手などできるはずもない。立っていられずに地面に跪《ひざまず》くと、モブが俺から離れて牛と戦いはじめた。

モブに加勢するために、どうにか立ち上がろうと試みるが、腕も足も力が入らず、彼が戦っているのをただ見ていることしかできない。モブも、さすがに俺を庇《かば》った上で三頭同時に相手にするのは厳しそうで、牛の体当たりで弾き飛ばされ、ついに動かなくなってしまった。

俺は動けない。モブも動かず生きているのかどうかも分からない。まさに万事休すだ。

やっぱりモブは逃しておくべきだった。俺のせいでこんな目に遭《あ》わせてしまったことを後悔しつつ、後方からジリジリと迫ってくるゴブリンの気配を感じ取る。そして前方には三頭の牛。

終わった、と思って目を閉じようとした瞬間、前方から強い光が見えた。

光が二足歩行の牛を包み込むと、牛は唸り声を上げて消えた。そして光は倒れている俺とモブの頭上を通過して、今度は後方のゴブリンを包み込み、そして消していく。次々と消えていくゴブリンを見ながら、俺は意識を失った。

第九話

目を開けたら、木目の天井が見えた。

ここはどこだろうと視線を巡らす。どうやら俺は真っ白なカーテンに囲まれた場所で、ベッドに寝かされているようだ。

さらに状況を把握《はあく》するため起き上がろうするが、全身筋肉痛みたいになっていて、手を動かそうとしただけでも痛みが走った。仕方なく、再びベッドに横になる。

「あ！　ミーツさん、起きた！　モブ〜、ポケ〜、ミーツさんが起きたよー」

そこへ、カーテンが開き、ビビが姿を現した。モブも無事だったのか。

「師匠！　目が覚めたんですね、よかった〜」

「ホントだね、兄ちゃん。このまま目を覚まさないんじゃないかと思ったね」

「なあ、俺はどのくらい寝てたんだ？　モブの身体は大丈夫なのかい？」

「ミーツさんは三日も眠ったままだったんですよ」

「俺は少し怪我《けが》しただけで、もう大丈夫です！」

ビビの説明によれば、依頼者とビビたちは王都にたどり着くと、すぐさまギルドに助けを求めた。その後、ギルド職員とフードを被った冒険者が森に行って俺とモブを助け、この王都まで連れ帰ってくれたそうだ。

それで、俺とモブはこのギルドの治療室に別々に運ばれる。モブは治療を受けてすぐに回復したという。一方俺は、擦過傷や切り傷が少しあるだけで、治療をする必要はなかったそうだ。

その代わり、魔力ＭＰ欠乏症というものになっていたらしい。魔力とＭＰの数値が低い者が無理して魔法を使うと、魔力ＭＰ欠乏症になりやすいのだとか。

症状としては前にシオンに聞いた、ＭＰが足りなくなった後に昏睡《こんすい》状態になるのとほぼ同じで、安静にしていてもＭＰの回復が遅くなってしまう。しかもその状態で無理に魔法を使ったら、そこからしばらく、魔法を使わなくてもＭＰが少しずつ減り続けるんだそうだ。

というわけでしばらくの間、魔法を使わず安静にしておくようにと言われたが、どちらにしても筋肉痛で動けない身体だ。ゆっくり休むことにした。

「ところでビビ、ギルド職員とフードを被った冒険者って誰のことだったんだい？　お礼を言わなきゃいけないからね」

「うーん、フードの人もギルドの人も名乗らなかったから分からないんです。でもギルドの人は、裏ギルドの人だったみたい」

「まさか……ダンク姐《ねえ》さんか？　それだと、フードの冒険者はシオンかも」

「師匠ぉ、ダンクってあの気持ち悪い人ですか？」

俺の言葉に、ポケが少し嫌そうな顔で尋《たず》ねてきた。そこにモブも乗っかっていく。

「あー、あの女みたいな話し方する気持ち悪い男って、ダンクって言ったっけ？」

「こらこら、ポケにモブ。女性みたいな話し方をするからって、気持ち悪いなんてことはないんだぞ。そんな風に言ったらダメだ。それに、俺たちはダンク姐《ねえ》さんと、おそらくシオンの二人に助けられたんだからさ」

「「はーい」」

俺とモブを助けてくれたのが本当にダンク姐《ねえ》さんなら礼を言いやすいが、フードの冒険者が気になる。シオンの可能性が高いけれど、違った場合は捜さなければならない。そのときは面倒だが、ギルドで調べてもらおう。

そう考えていると、急にブルッと尿意をもよおしたが、身体を動かすことができないため、一人ではトイレにも行けない。どうしたものか……モブたちに手伝ってもらうかな。

「ところで、トイレに行きたいんだけど、モブかポケ、移動を手伝ってくれないか？　身体が痛くて動けないんだ」

「師匠、もちろん手伝いますよ」

「僕も手伝います」

「ミーツさん、私も手伝いましょうか？」

「いや、ビビはいいよ。子供とはいえ女の子だし」

「私、子供じゃないもん！」

ビビは頬《ほお》を膨らませて、部屋から出ていってしまった。そのとき、ベッドの周りを囲っていたカーテンが全部開いたことで分かったが、トイレは部屋の隅にあった。ただ、囲いはもちろん仕切りもなくて、ただポツンと和式の便器があるだけだった。

モブが俺を背負い、ポケが後ろを支えるかたちで隅のトイレへ連れていってもらう。俺が重いからか、モブはフラフラとよろけ、ポケも力一杯支えている感じだ。隅にあるトイレはボットン便所で木の蓋がしてある。モブが木の蓋を足で蹴ってずらし、俺を下ろそうとしたとき、俺を後ろで支えているポケのバランスが崩れ、ボットン便所に落ちてしまった。

それからはギルド職員を呼んだり、ボットン便所に落ちたポケを見ようと野次馬冒険者が来たりで、俺の尿意はすっかり引いてしまった。ポケを助けるモブとギルド職員たちの奮闘を、動けない身体の俺は治療室の隅で見守るしかなかった。

だが、ポケが汚物だらけの状態で引き上げられたとき、再び尿意をもよおしたと思った瞬間、漏らしてしまった。

翌日にはなんとか自力でトイレに行けるくらいにはなったが、それでも身体はバキバキに痛かった。魔力MP欠乏症が完治するまでは安静だとも言われ、ギルドマスターであるグレンの指示で、ギルド職員にさすまたのように先がU字に曲がった棒で、無理矢理ベッドに押さえつけられた。

そんなベッド拘束生活を強いられること数日、ギルド職員から退出の許可が出て、ようやく治療室から出ることができた。

モブたちは俺が目覚めた日以降は姿を見せなかったが、あいつらも稼がないといけないので仕方ない。それにしても、治療室にいる間はまあ暇なものだった。俺以外に人がいるわけでもなく、テレビがあるわけでもなく、魔法を使ってはいけない上、治療室から出てもいけない。頭がおかしくなりそうだった。

食事は朝昼夕で三食出たのはありがたかったが、唯一不満をあげるなら、肉しか出なかったのが辛《つら》かった。朝は牛肉、昼は豚肉、夕方は鶏肉といった感じなのだ。肉の種類が違うだけでもマシだろうか……。それでも働かずに食事ができたことには感謝している。

治療室から出ると、部屋の前に職員のモアが立っていた。

「ミーツさん、無事に治ったんですね。欠乏症のときはあまり人と接触しない方がいいと聞いて、今まで来られなかったんですが、元気になってよかったです」

「モアさん、ありがとうございます。でも、なぜ接触しない方がいいんですか？」

「聞かされていないんですか？　魔力ＭＰ欠乏症になった方は、接触した人からＭＰを吸い取ってしまうんです。だから、ミーツさんのところへ行くのは食事を持っていく人だけって決まっていたんですよ。ミーツさんが目覚めたときに部屋にいたモブくんたちは、どうしてもとお願いして、特別に許可が下りただけなんです」

なるほど、だから誰も見舞いに来なかったのか。ギルドの治療室で休んでいればダンク姐《ねえ》さんや、グレンにモアが訪れても不思議ではなかったが、今モアが説明した通りならば誰も来なくて当然だ。

「身体が大丈夫でしたら、ギルマスがお呼びなので、一緒に来てください」

一人で納得して頷《うなず》いていると、モアに促された。

数日とはいえずっと治療室にいて身体が鈍《なま》って仕方なかったから、地下で軽く走り込みをしたかったが、グレンが呼んでいるのでは仕方ない。治療室には窓がなかったため今まで気付かなかったが、治療室はギルドの地下の訓練場に下りる階段の途中にあった。

第十話

ギルマスであるグレンの部屋の扉をノックして、返事があったので中に入る。

「ミーツちゃーーん、もう、んもう心配したんだからね！　治ったの？　もう大丈夫なの？」

するとダンク姐《ねえ》さんが目の前にいた。俺は厚い胸板に引き寄せられ、抱擁《ほうよう》されてしまった。

「おい、ダンク。お前は一旦下に行ってろ。お前がいると話が進まん」

「え〜、ずっと会えなかったんだから、ちょっとくらいはいいじゃない」

「ダンク、ギルマスの俺の言うことが聞けないのか？」

「ぶう、お兄ちゃんとしてじゃなく、ギルマスとしての命令なら仕方ないわね。じゃあ、ミーツちゃん、また後でね」

俺から離れたダンク姐《ねえ》さんは、手をひらひら振り、部屋を出ていった。

「さて、ミーツ。何があったか聞かせてもらおうか、あの森で何が起きたのかをな」

「それは俺にもよく分かりません。護衛の行きではそこまで多くなかったゴブリンが、帰りには凄《すご》い増えていたんです。俺が治療室にいた間、あの森に調査に行かれたんですか？」

「ああ、お前がギルドに運ばれてすぐに、ギルド職員と冒険者何人かで調査に行かせた。ゴブリンの数はそこまでではなかったようだが、森の雰囲気《ふんいき》が以前とは違うという報告が上がっている」

「そうですか。そういえば、森で俺たちを助けてくれた人がいるそうなんですが、それって一人はダンク姐《ねえ》さんで間違いないですか？」

「ああ。ちょうどダンクとシオンが俺の部屋にいたとき、一階が騒がしくなってな。下りてみると、お前と一緒に護衛をしていたという冒険者の小僧たちが、森の異変の知らせと、森に残って戦っている仲間の救助を求めに来ていたんだ。それを聞いたダンクとシオンが、急いで森に向かった」

「やっぱりフードの冒険者ってのはシオンだったんですね。シオンはどこにいるか分かりますか？」

「う、うむ。シオンも今現在、治療室で療養中だ」

グレンは、少し言いにくそうに答えた。

「え？　どういうことですか！　まさか俺たちを助けたとき、大怪我《おおけが》でもしたんですか？」

「いや、怪我《けが》はしてないが……」

「では、どうしたんですか！」

「うむ、お前が魔力MP欠乏症になったってのは聞いているな？　それじゃあ、なった者が他者のMPを吸い取ってしまうというのは知っているか？」

「はい。それはモアさんから聞きました」

「あいつは森からここまで、お前を背負って戻ってきたんだ。その道中、お前がシオンのMPを無意識に吸い取ってしまったんだろうな、ギルドにたどり着く前に、あいつも魔力MP欠乏症になってしまった。シオンはお前よりも深刻な魔力MP欠乏症になっていて、いまだに意識を取り戻していない。魔力に余裕のあるギルド職員が、毎日シオンにMPを送り込んでいるんだが……」

「どこの治療室ですか？　俺が回復して、俺を助けてくれたシオンが現在も目覚めないなんて、耐えられません」

「お前が入っていた治療室の隣だ」

グレンの返答を聞くや否や、俺は部屋を飛び出していた。グレンの制止する声が耳に入るも、構わずにシオンのもとに向かう。

目的の部屋に入ると、俺がいた部屋より少し狭い感じだが、同じように四方をカーテンで囲まれている一角があった。あそこにシオンがいるのだろう。

カーテンを少しだけ開けてみれば、ベッドで眠っているシオンがいた。傍《かたわ》らには、立ってシオンを見下ろしているダンク姐《ねえ》さんもいる。

「あ、ミーツちゃん」

「シオン、俺を助けるためにこんな状態になって、すまない」

眠ったままのシオンの身体を触ると、一瞬、自身の身体から何かが抜ける感覚がした。これがM

Pを吸い取られる感覚かと気付いたが、思ったより大したことはなかった。しかし隣で見ていたダンク姐《ねえ》さんは驚いて、慌《あわ》てた様子で俺の手を掴み上げる。

「ミーツちゃん、危ないわよ！　せっかく治ったのに、そんなことしたらまた欠乏症になるわ」

俺のせいでシオンはこんな状態になったのだ。

俺はダンク姐《ねえ》さんの手を振りほどいてシオンの額に手を置き、MPを送り込んだ。

とはいえダンク姐《ねえ》さんの言う通り、自分自身がまた魔力MP欠乏症になっては目も当てられない。気を付けながら自分の最大MPの半分ほどを送り込むと、突然シオンがカッと目を開いた。

「む、どうした、ミーツ。……ああ、そうか、俺はお前にMPを吸い取られたんだな。ギルドまでギリギリ持つと思ったんだが、やはり無理だったか」

「シオン、喋《しゃべ》らなくていいよ。俺のせいでこんな状態になってしまってすまなかった」

「フッ、いい歳したおっさんがそんな顔をするんじゃねえよ。もう俺のMPは全回復してるから、なんともない。どのくらい寝てたかは知らんが、身体が鉛でも飲んだかのように重いな。お前はどのくらいで起きたんだ？」

「俺は三日だと聞いた。でも、その後MPが全回復するまでは退出の許可が下りなくて、しばらく治療室に篭《こも》っていたよ」

「そうか、まあ魔力MP欠乏症になったんだ。仕方ないだろうな」

そう話していたら、隣にいるダンク姐《ねえ》さんが涙をポロポロと流して、シオンに抱きついた。

「シオンちゃ〜〜ん、シオンちゃんのことも心配したんだからね！　ＭＰが持ちそうになかったら、あたしに言わなきゃダメじゃない！」

「ぐえっ、ダ、ダンク、離れろ。苦しい」

シオンが苦しそうにダンク姐《ねえ》さんの背中を何度も叩《たた》いている。だが、ダンク姐《ねえ》さんは力を弱めようともせずに、逞《たくま》しい腕でシオンを抱きしめ続ける。

「ダンク姐《ねえ》さん、離れて離れて」

「んもう、ミーツちゃん、愛する二人の邪魔をするのは野暮《やぼ》ってものよ」

「それは状況を見て言おうね。このままじゃ、ダンク姐《ねえ》さんのせいでシオンが死んじゃうからね」

俺はダンク姐《ねえ》さんの肩を掴んで、シオンから無理矢理引き剥《は》がした。

「ゴホゴホ、ダンク、俺にトドメを刺す気か！」

「え、シオンちゃんまでそんなこと言うの？」

「ははは。それじゃあシオンにダンク姐《ねえ》さん、俺はグレンさんのところに戻るよ。シオンは様子を見て、今日一日はゆっくり休んでなよ。それと、ダンク姐《ねえ》さんにシオン、助けてくれてありがとう。このお礼は、いつか必ずするよ」

こうしてギルマスの部屋に戻ると、グレンは書類仕事をしながら機嫌の悪そうな顔をしていた。

俺が話の途中で、勝手に出ていってしまったせいらしい。すみませんと謝ったら、グレンは呆《あき》れたように言った。

「お前がシオンのところへ行ったって、やることもなかっただろうが」

「いえ、シオンにMPを送り込んだら回復しましたよ」

「はあ？　なんだって？　魔力MP欠乏症がそんな簡単に治るわけないだろうが！」

俺の言葉に、グレンは大きな声を上げる。

「本当ですよ？　後で確認してみてください。それで、他に何か用件はありますか？」

「う、うむ、確認してみよう。そうだ、ここからが本題だ。お前には少々辛《つら》いだろうが、再度森に行ってもらえないだろうか？　森を調査した者の話では、お前が倒したと思われる大量のゴブリンの死骸を食らう魔犬は数多くいたが、生きているゴブリンは全くと言っていいほど見なかったそうなんだ。それでもまだ調査の継続と、魔犬退治のために、冒険者を行かせてはいるが、あの森で倒れたお前だからこそ気付ける何かがあると思ってな」

なるほど。あんなに大量のゴブリンがいたのに、今は全く姿が見えないなんて確かにおかしい。

俺自身も、調べてみたいと思った。

「それは構いませんが、治療室に長くいて身体が鈍《なま》っているんで、ギルドの地下の訓練場で走り込みをしてからでもいいですか？」

「もちろんだ。だが、なるべく早い方がいい。いつなら行けそうだ？」

「そうですね……地下での走り込みと、あとは武器を買いたいんです。ナイフは折れてしまいましたし、短槍も森に落としてきちゃったみたいで。その両方を終えたらすぐにでも。あ、他の荷物は風呂敷に入れて背負っていたんで、金と衣服と依頼の木札は死守できてます」

「そうか、分かった。それなら、行けそうになったら、またここに来い。俺が指名依頼として出すからな」

「はい。分かりました」

グレンに頭を下げてギルマス室を退出後、その足で武器屋に行き、前と同じ短槍と薬草採取用ナイフ、それにショートソードも買っておいた。今回は割引なしで買ったが、武器屋の親父にショートソード用の鞘《さや》と、ナイフ用の鞘《さや》をサービスされてしまった。

武器屋の親父に感謝し、再度ギルドに戻る。帰りの護衛報酬はもらい損ねたが、行きの報酬はもらえるということで、木札を二階の受付に持っていき、ギルド証も一緒に渡す。しばらく待っていると、慌《あわ》てた様子で受付の女性が戻ってきて、ギルド証が俺のものであるかどうかの確認をされた。

もちろんだと答えたら、女性は凄《すご》く驚いた表情をしてまた奥に引っ込んでしまった。そしてやっと受付に戻ってきたときには、二人の男性職員を連れていた。俺はなぜか、背後から来たさらに別の男性職員二人に両肩を掴まれ、前に冒険者登録をした部屋に連行されてしまった。

一体何が起きたというんだ。

「あなたのギルド証に不正に細工がされた可能性があるため、尋問《じんもん》を開始します。あなたのギルド証には、とんでもない魔物の討伐数が記されています。主にゴブリンとホブゴブリンなのですが、とてもGランクの方が倒せる数ではないのです。中には牛魔やオークまでいます。もし本当にあなたが倒したというなら、どこで、どうやって倒したかをお聞かせください」

木札を渡した受付の女性が質問をしてくる。なるほど、俺はギルド証の不正を疑われているのか。いまだに両肩を掴まれたまま、受付女性と、その後ろに立つ男性職員二人に睨《にら》みつけられている。

素直に、森で槍とナイフと魔法を使って倒したと答えても、職員たちは納得してくれない。俺を睨《にら》んでいた男性の一人が俺の髪を掴んで引っ張り、もう一人は胸ぐらを掴んできて頬《ほお》を殴《なぐ》った。

「オラ！　誰にギルド証の細工を頼んだ！　さっさと吐《は》いてステータスを見せろ！」

ギルド職員に乱暴なことをされ、さすがの俺も憤りを隠せない。そもそもこんなことをされるいわれはないと思い、頭を振って、俺の髪を掴んでいた手を払う。そして、その勢いのまま立ち上がって俺を拘束していた男性二人のバランスを崩し、素早く鳩尾《みぞおち》部分を殴《なぐ》って気絶させた。

俺の動きに、残りの男性職員二人は慌《あわ》てて距離をとる。

「貴様、ギルド職員に手を出したな！　ギルド証を剥奪《はくだつ》するぞ！」

「さっきから言っていますが、俺は不正なんてしていません。この後ギルドマスターであるグレンさんと会う約束があるので、ここでの出来事を報告します。グレンさんがギルド証を剥奪《はくだつ》すると言えば、それに従いますが、あなたたちの言うことは聞けません」

「あ！　この人、頻繁《ひんぱん》にギルドマスターの部屋に行っている人です。ギルドの掃除《そうじ》をしたのも確か、この人でした」

先程まで俺を見下《みくだ》していた女性職員が、突然大声で言った。

それを聞いた目の前の男性職員は驚いた表情をした後、苦笑いをしながら、手に持っていた俺のギルド証を首にかけてくる。

「いやあ〜、申し訳ない。こちらのミスで間違えたみたいです。ですからどうか、本当にどうか、グレンさんに報告だけはしないでくださいね。報酬の金額を少し上乗せしますので」

「ですね。私らの勘違《かんちが》いみたいでしたね。受付の彼女と、あなたを殴《なぐ》った彼は厳重注意に加えて減給処分にしますので、私のしたことはなかったことにしてください」

俺がギルドマスターの部屋によく出入りしていると知った途端、目の前の二人の男性職員は手の平を返して、自分たちの保身を図るのに必死な様子だ。俺は呆《あき》れながらも許すことにした。

「もういいですよ、報告はしません。でも、俺は間違ってても不正なんてしてないんですから、今後はちゃんと相手の話を聞いて、こういうことのないようにしてくださいね。あと、そこの彼女と彼の処分もなしにしてあげてください」

俺は言いたいことを言うと、腹を殴《なぐ》って気絶させた二人の男性を想像魔法で癒《いや》してやる。それから報酬を上乗せすると言った男性職員を連れて再び受付に行き、本来の報酬より多い、銀貨六枚をもらった。ちなみにランクは、GからDと三段階もアップしていた。

報酬をもらった後、気分を変えるのと鈍《なま》った身体をほぐすつもりで、そのままギルド地下の訓練場に向かう。するとそこでは、モブたち三人とあの高校生たちがなぜか言い合いをしていた。

第十一話

モブが綾《あや》の胸ぐらを掴んでいるのを見て、俺は急いで近付いた。

「モブ、何があったんだ？」

「あ、師匠！　もう大丈夫なんですか？　いや、今は邪魔しないでください！」

モブがこんなにも怒るなんて。またビビが何かされたのかと思うも、シロくんを含むこのメンバーの中にそんなことをするような子はいない。俺は近くにいるポケに経緯を聞いた。

ポケも怒っている様子だったが、説明を聞くと、モブがそこまで怒るようなことでもないという内容だった。

高校生たちは、一緒にこの世界に転移してきた一人……つまり俺が、護衛の依頼のために数日出かけると言ったまま予定の期間を過ぎても帰ってこないことに、腹を立てていた。そのため、この訓練場で、宿の宿泊費が足りないとか、あのおじさんキモイなどと文句を言っていたそうだ。

モブたちはたまたま今日ここに来たところ、文句を言っている高校生たちと一緒になった。そして聞こえてくる会話の中で、キモイおじさんを連呼していた女の子が「何がミーツよ」と言ったのを聞いて、貶《けな》されているのが俺だと気付いた、ということだった。

結果、今の状態である。

俺は綾の胸ぐらを掴んでいるモブの手を優しく取り、ゆっくりと下ろさせる。一方の綾たちに対しては、俺が思っていることをきちんと伝えることにした。

「君たちは勘違《かんちが》いしてるようだから言っておくけど、俺は何も分からないままに追放された身だ。本来なら既にここにいない人間で、そんな俺を当てにして、しかも当てが外れたからと文句を言うのはちょっと違うんじゃないかな？」

綾は焦《あせ》ったようにきょろきょろと仲間を見回す。しかし他の子たちは俯《うつむ》いて、俺の話をじっと聞いていた。

「宿代は、最初の十日分は払ってあげたんだ。それ以降は自分たちで稼ぐのが普通じゃないかな？俺は城を追放後、ゴミを食べながら無一文でこの世界をスタートしたんだ。それに比べれば君たちは随分と恵まれていると思うんだけどね」

「それはそうだけど……」

綾が呟《つぶや》く。

「それに、近いうちに俺はこの国を出る予定だ。君たちは仲間のことがあるし、まだ国を出ることはできないだろ？　だったら宿代は返さなくてもいいから、そのまま冒険者を続けて、自分たちの力で好きに生きるといい。俺は君たちの保護者ではないのだからね」

「いや、違いますよ。勘違《かんちが》いしてますよ！　ミーツさんっていい人だよねって話してただけです」

明らかに嘘と分かる言い訳をしてくる綾。そんな彼女を止めたのは、アリスだった。

「綾さん、やめましょうよ。さっきだけじゃなく、いつも言っていたじゃないですか。みんな、綾さんのミーツさんに対する暴言に、ここ何日かうんざりしてましたよ」

「アリスちゃんの言う通りだよ。綾ちゃん、年長者の僕がもっと早く注意しておけばよかったんだ。何も言わなかった僕にも責任はある。確かにミーツさんは保護者ではないんだから、ミーツさんになんでも頼るのは違うよね。それに、ミーツさんが追放されるとき、僕たちは何も知らないとはいえ、助けることもしなかったんだから」

「シロさんまで！　あのときは仕方なかったじゃないですか、マーブル様やスケベ国王を止められる雰囲気《ふんいき》でもなかったんだから。私だけが悪いんですか？　違いますよね？」

綾は仲間に訴えるが、シロを含む全員が彼女から目を逸《そ》らす。そんな彼女に、俺は諭すように言った。

「とりあえず、君たちの今後については距離を取らせてもらうことにするよ。シオンが勝手に連れてきたとはいえ、同郷の子たちだ。俺もなるべく力になるつもりでいたが、これほどひどいことを言われてまで面倒を見るつもりはないから」

思っていることをハッキリ伝えると、みんな何も言い返せないのか黙ってしまった。

これ以上言うことはないので、俺はモブたちに向き直った。すると、ようやく話が終わったことにほっとした様子のビビが尋《たず》ねてくる。

「ミーツさん、今日はどうしてここに来たんですか？ 私たちがいるのを知っていたとか？」

「いや、まさかビビたちがいるとは思わなかったよ。しばらく治療室で寝たきりで身体が鈍《なま》って仕方ないから、訓練場で走り込みでもしようかと思ってさ。そうだモブ、あのとき、森に戻ってきてくれてありがとう。ビビもポケも、助けを呼んでくれてありがとう。治療室で看病してくれたことも感謝してるよ。治療室でモブとポケが俺を背負ってくれたときにバランスを崩したのは、俺がモブたちのＭＰを吸い取ってしまったからなんだよね」

俺はモブたちに感謝を込めて、改めて頭を下げた。

「師匠、そんなことはもう、どうでもいいんだよ」

「ホントだよ。あのときウンコまみれになったのは悲しかったけど、気にしてないよ」

「じゃあミーツさんの走り込みが終わってからでいいので、今回のお礼に、私たちと組み手をしてもらってもいいですか？」

ビビが俺に組み手のお願いをしてくるなんて珍しいと思ったが、今、俺がこの街を出るつもりだと聞いたからかもしれない。

「もちろん、いいよ。今は身体が鈍《なま》っているから、モブたちにとっていい手合わせの相手にはならないと思うけど、やれるだけ頑張《がんば》るよ」

俺は、前にダンク姐《ねえ》さんが開けた隠し扉の休憩所に入り、荷物から短槍とナイフ、ショートソードを取り出す。残りの荷物は休憩所に置いて、早速運動を始めた。

訓練場の壁に沿って軽くランニングから始め、徐々にスピードをアップさせていく。しばらく走って息が切れてきた頃に速度を落としつつ、壁に手をついて止まったら、俺が走ったところが溝になっていた。砂埃《すなぼこり》も舞っていて、近くにいるであろうモブたちが全く見えない状態だ。

地下は換気があまりできていないので、なかなか砂埃《すなぼこり》が晴れない。俺は想像魔法でスプリンクラーのように上から散水すると、砂埃《すなぼこり》は晴れて地面がうっすらと水で湿《しめ》った。ようやく視界が開けたためあたりを見回せば、訓練場には俺一人だけがポツンと立っていた。

「もう、ミーツさん、やりすぎぃ」

「ホントですよ、師匠」

「身体が鈍《なま》っていてこれって、鈍《なま》ってなかったらどうなってたか」

三人組は、階段の陰に避難していたようだ。気付くと、訓練場にいた他の人たちも階段に避難して、モブたちと同様にこちらを見ていた。

「えっと……なんかごめん。途中から薄目で走っていたから、あんなに砂埃《すなぼこり》が舞っているなんて分からなかったんだよ。身体もだいぶほぐれて温まったし、軽く組み手してみようか。どこからでもかかってきていいよ、体力的に辛《つら》くなったらストップをかけるかもだけど」

「じゃあ、俺から行かせてもらう！」

「あ、兄ちゃん、ズルイ、僕も行く！」

「ちょっと！　私がミーツさんに話を持ちかけたんだから、私が最初でしょ！」

モブが我先にと走ると、ポケとビビが文句を言いながら、彼を追いかけるように迫ってきた。

最初の攻撃はモブのロングソードによる袈裟《けさ》斬りだったが、見え見えな攻撃だったため、少し後ろに下がって避ける。そこへモブが横に少しズレて、背後にいるポケが槍ですぐさま突いてきた。

俺は危ないと思って、しゃがんで避ける。直後に頭の上を槍の刃先が通過し、そして前を向けば、再びモブの剣が目の前に迫ってきていた。

咄嗟《とっさ》に転がって避けるが、今度はビビが四つん這《ば》いになった俺の両肩目がけてダガーを振り下ろしてきたので、思わず地面の湿《しめ》った土をビビの顔にかける。口に土が入ったことでビビの動きが止まり、チャンスだとばかりに俺は立ち上がって体勢を整えた。

「ちょっと！　ミーツさん、汚い！」

「そうだそうだ！　師匠、卑怯《ひきょう》ですよ！」

「僕の槍が当たったと思ったのに」

「いやいやいや、モブもポケも俺を殺す気で迫っていただろ。ビビだけが俺の両肩を狙っていたみたいで……って、喋《しゃべ》ってる途中！」

まだ俺が話しているのに、ビビが素早く斬りかかってきた。それを紙一重で避けると、またもモブが横から斬りかかってきた。転がって避ければ、頭上からは再びポケの槍が迫ってくる。さすがに避けることも掴むこともできないと判断した俺は、片手をポケに向けて「参った！　ストップ！」と大声で叫《さけ》んだ。

「や、やった。やっとミーツさんが降参するまで追い詰めた」

「やったな、ビビ、まさか師匠が降参するとは！」

「また僕の槍を掴むかと思ったのに」

モブたちは俺に勝ったことに喜び、戦闘の感想を言い合っていた。

「でも師匠はまだ本調子じゃないから、あまり喜べないよね」

ポケの何気《なにげ》ない一言に、モブとビビはピタリと喋《しゃべ》るのをやめる。そしてポケを見つめた後、ゆっくりと俺の方を向いた。

「そうだな。ポケの言う通りだ。確かに師匠は走り込みをしただけで、調子が戻ってない」

「だね。ミーツさん、調子がよくなったらまた、手合わせをお願いしてもいいですか？」

「いや～、ビビ、もう君たちとはやりたくないかな」

「なんでですか、師匠！」

「僕がこんなに強くなれたのは、師匠のおかげなのに」

「ミーツさん、私たちとやりたくない理由は？」

俺の返事が予想外だったのだろう、モブ、ポケ、ビビの三人は不安げに俺に尋《たず》ねてきた。

「いや、強くて連携のとれている君たちとはやりたくないってだけだよ。一対一ならまだいいかもしれないけど、それでも楽勝とはいかないと思うし。それとポケ、俺はレベル上げに協力しただけだからね」

「よっしゃあ！　それなら師匠の調子が戻ったら、俺と一番最初に一対一で組み手してくれよ」

「あ、モブ、ズルイ！　ミーツさん、私が最初ですよ？」

「ぼ、僕も師匠と一対一で戦いたいです。でも、次からは師匠も避けるばかりじゃなくて、攻撃してください」

「あ、そうか！　なんで俺たちが勝てたのかと思ったら、師匠は手を出さなかったからなんだ」

「ホントだね、モブ。ポケに言われて気付くとは思わなかった」

モブとビビは肩を落とすが、実際のところ、三人はかなり強くなっていた。連携もしっかりとれていたし、今の彼らなら大抵の魔物は倒せるだろう。

「いやいや、攻撃をする暇がなかったんだよ。俺が降参したのも、モブたちの連携のとれた攻撃を避けきれなかったからだ。だから、モブたちは自信を持って俺に勝ったと言っていいよ。まあ、俺みたいなDランクの冒険者に勝っても自慢にならないだろうけどね」

「え？　ミーツさん、Gからいきなりになったんですか？」

「やっぱり師匠はスゲエよ！　俺たちも今回の護衛依頼でどうにかDランクになったけど、師匠は一気にDだもんな」

「本当だね。今度また、僕たちと戦ってください。そのときは師匠も攻撃してください」

「んー、ああ、またそんな機会があったらね」

「師匠、護衛で行った村を出る前に言ってた僕へのご褒美《ほうび》を今、ください。僕だけじゃなく、兄ちゃんとビビにもください」

ポケは、俺が褒美《ほうび》をやると言っていたことをしっかり覚えていたようだ。俺も忘れていたわけではないけれど、さて何をあげればいいだろう？　俺が考えていると、ポケは俺の手を握って自分の頭の上に持っていった。

「僕のご褒美《ほうび》はこれがいいです。師匠が頭を撫《な》でてくれたら、それが一番のご褒美《ほうび》です。これだったら、兄ちゃんたちにもできますよね？」

ポケの上目遣いと、この行動に、心臓を撃ち抜かれたような気持ちになり、十四歳くらいの男の子なのに、とてつもなく可愛《かわい》いと思ってしまった。

それからモブとビビも呼び寄せ、三人まとめて抱きしめ、犬に対してするように撫《な》で回すと、三人ともやめろーと言いながらも、目を細めて嬉しそうにしていた。

第十二話

三人組が訓練場から出ていった後、今までのやり取りをこっそり階段の陰で見ていたあの高校生たちに、声をかけることにした。

「なにコソコソと俺を見ているのかな、シロくん？」

「え、いや、あの、ミ、ミーツさんが、あれだけ素早く動けるなら、城に残してきたアリスちゃんの友達を、助けられないかなあって思って……」

「え、なに？　聞こえない。城がなんだって？」

シロは階段から一歩もこちらに近寄らず、離れたところから喋《しゃべ》っているため、なんて言ってるのかほとんど聞き取れなかった。すると、彼を押しのけるようにして、綾が前へと進み出る。

「もう！　シロさん、ハッキリ言わなきゃ！　ミーツさん、あれだけ動けるなら、城に残ってるこの子たちの友達を助けてよ」

「綾さん、俺が城に残ったお友達を助けたとして、じゃあ君は俺に何をしてくれるんだい？　まさか、タダで助けてもらおうと思っているのかな。俺はあの城を着の身着のままで追い出されて、街では服を剥《は》ぎ取られ、裏ギルドで辛《つら》い依頼をこなしつつ、ようやく冒険者になってまともな報酬を得ることができるようになったんだ。そんな俺のことを悪く言うばかりか、タダで動いてもらおうなんて考えてるんじゃないだろうね？　報酬は何をくれるんだい？」

俺はわざと厳しい言い方で、報酬を要求した。これでどのような反応をするかを見るためだ。

ここで、自身の身を削《けず》ってでも報酬を差し出そうとするなら、無償でレベル上げや金銭の支援はしてやろうと思った。

「最低！　見た目だけじゃなく、中身も気持ち悪い人ですね。私に何をさせたいんですか！　国王も気持ち悪い人でしたけど、ミー、いや、あなたも凄《すご》く気持ち悪い人です。こっちを見ないでください、あなたに見られると虫唾《むしず》が走ります」

これが、綾の答えだった。

「はあ……よくそれだけのことが言えるね。でも、これでハッキリしたよ。今後、俺が君たちにできることは何もないし、してやるつもりもない。あと言っておくけど、俺は君の身体には少しの興味もないよ。俺がああ言えばどんな反応するか確かめただけだ。仲間のために自分の身を犠牲《ぎせい》にできるような子たちになら、城に行くことはできなくても、レベル上げの手助けや金銭の支援をするつもりだった」

それだけ言って、休憩所に荷物を取りに向かおうとしたとき、服の裾を掴まれた。今度は何を言うのだろうと振り向いたら、服を掴んでいたのはポケよりも小さな女の子だった。

「あのね、おじさん。ごめんなさい。私たちの仲間の綾さんのことを許して。私の身体なら好きにしていいから、お願い、助けて」

「ちょっと、愛《あい》、何言ってんの！　ミーツさん、綾さんの言動のことは私も謝ります。でもミーツさんも、あんな意地悪な言い方しなくてもよかったんじゃないですか……？」

「愛さん、アリスさん！　ぼ、僕も謝ります！　ミーツさん、申し訳ございません！　ミーツさんは僕たちに宿を紹介してくれて、宿泊費まで出してくれたのに、それに甘えてさらに頼ってしまってごめんなさい。綾ちゃん、ほら、綾ちゃんも謝らなきゃ」

綾はいまだに俺を嫌悪した目で見てくるが、シロに言われて俺に近寄ってくる。

「私が断らなかったら、私の身体にいやらしいことをしてたんでしょ？　本当は無償で助けてやるつもりだったとか、元々そんなつもりなかったんじゃないですか」

「ほらね。謝るどころか、こんなひどい言葉が出るんだ。ここまで言えるなんていっそ清々《すがすが》しいな……。綾さん、俺はもう、君には何もしてやろうと思わない。君がその気なら城に戻ることも可能だし、他の冒険者とパーティを組むという道もある。冒険者を続けながら自分に合った仕事を探すといいよ。なんなら娼婦という道だってある」

俺が娼婦と言った瞬間、綾は思いっきり手を振りかぶって、俺の頬《ほお》にビンタをした。避けようと思えばもちろん避けられたが、自分自身最低なことを言っている自覚があるため、あえて綾のビンタを食らった。

「ほんっっっとに最低！　死ね！」

綾は怒りに満ちた表情で、涙を流して階段を駆け上がっていった。

そんな俺を、愛とアリスは冷めた目で見てきたが、気にせずに言葉をかける。

「君たちも綾さんと同じ気持ちなら、綾さんを追いかけて一緒に行動するといい。でもそれは、俺からの支援は受けられなくなるということだ。さあどうする？」

愛もアリスも、俺のことを蔑《さげす》むように睨《にら》んでいる。そして複雑そうな表情をしていたシロが最初に口を開いた。

「ミーツさんの今の言動が正しいとは思えないですけど、僕はミーツさんの支援は受けたいです。だから綾ちゃんのことは追いかけません」

「私も、ミーツさんのことを軽蔑《けいべつ》します。でもシロさんと同じ気持ちです」

アリスが不快そうに言った。

「おじさん、サイテーだね。おじさんなんだから、綾さんのこと許してあげてよ。代わりに私に、綾さんにしたかったことをしていいよ。おじさんの言うこと、なんでも聞いてあげる」

「だからね、愛さん、俺は元々綾さんに手を出すつもりはなかったんだって……」

やれやれ、おっさんというのはこういうときに本当に不利だ。俺は気を取り直して、自分がひどいことを口にした意図を伝えることにした。

「俺は綾さんが本当に心から仲間を助けたいと思っているのか、知りたかったんだよ。若いとはいえ、女性陣の中で彼女は一番の年長者だ。年上としてみんなを守るために、この世界ではある程度の覚悟が必要になってくると思うんだよ。ステータスに不名誉な称号のある俺が言えることではないけど、いつまでも元の世界の常識にとらわれてちゃいけないと思うんだ。だから、あえてあんなひどいことを言った。自分でも、最低なことを言った自覚はあるよ」

俺がそこまで言うと、女子高生二人は黙って俯《うつむ》いた。シロはそれでも納得できていないみたいだ。

そんななんともいえない雰囲気《ふんいき》を崩すためにも、俺はこの場から離れた方がいいと思い、グレンのところへ向かうことにした。

休憩所で荷物を持って上に上がろうとしたとき、愛に再び服を掴まれたが、改めて三人、もしくは宿に帰って四人で話し合いなさいと言って離れた。

階段を上がったら、久しぶりに動いたからか身体がもの凄《すご》く軽く感じられて、二段三段飛ばしで駆け上がり、すぐにギルマスの部室に到着した。

扉をノックするが返事はない。けれど中で人の気配がしたので、そっと扉を開けてみると、グレンが目を閉じ、机に肘《ひじ》をついて両手でこめかみをマッサージしていた。

「グレンさん、ノックしても返事がなかったので、勝手に開けてしまいました。大丈夫ですか？出直しましょうか？」

「む、ああ、ミーツか。すまん、気が付かなかった。とりあえず座れ」

俺がここを出た後、グレンに何かあったのだろうか。とても疲れているようだ。グレンは座ったまま深呼吸を数回した後、口を開いた。

「あの森で再びゴブリンの群れが発生し、森の近くにいた冒険者が大怪我《おおけが》をしてギルドに運ばれてきた。ひどい傷だった。もう長くはないだろう。こうなってしまうと、お前のランクでは森の調査も荷が重い。だからといって、高ランクの冒険者は今ほとんどが遠方に出ていて、呼び戻すのも時間がかかるし……どうしたものか」

姿が見えなくなっていたゴブリンの群れが、また現れたのか。一体なぜそんなことが起こっているのだろう。俺は、森に行かせてもらえるよう説得を試みた。

「あの、グレンさん。やっぱり俺に行かせてもらえませんか？　ゴブリンに襲われたときは、前日に病気で寝込んでいたこともあって身体がひどく重くて、ＭＰの回復もとても遅かったんです。今は全快して身体も軽いし、ゴブリンくらいなら百や二百いても大丈夫だと思います」

「ダメだ。お前一人では行かせ……ちょっと待て、今お前なんて言った？」

「え？　ゴブリンの百や二百を倒せるってところですか？」

「違う、もっと前だ。病気で身体が重くてＭＰの回復が遅かっただと？　ミーツ、お前、現在のレベルはいくつだ。もしかして、急激にレベルが上がってないか？」

「え、あ、はい。現在レベルは35です。護衛の仕事時に盗賊を殺し、この王都に帰ってくるときにたくさんのゴブリンを倒したら、それくらいまで上がりました」

「やはりか、だから魔力ＭＰ欠乏症になったのか」

「どういうことですか？」

「レベルが上がったら、ステータスも全体的に上がるのは分かるな？」

俺が無言で頷《うなず》くと、グレンも頷《うなず》いて話を続ける。

「レベルが急激に上がれば、同時にステータスも急激に増える。そうなると、自身の身体がその突然の変化に対応できず、大きな負担となるんだ。影響の出方は様々だが、高熱やひどい倦怠感《けんたいかん》が多いな。そんな状態で魔法を使えば魔力MP欠乏症にもなりやすい。レベルというものは本来、少しずつ上がっていくものだからな」

「どのくらいを一気に上げたら、あの症状が出るんですか？　今後も急激にレベルを上げてしまった場合、同じ状態になる可能性があるんでしょうか」

「それは分からんが、大体レベルを20以上、一度の戦闘で上げると、そのような症状が出るらしい」

「そうなんですね。あれ、でも盗賊を殺した次の日は大丈夫でしたよ？」

「それは年齢のせいじゃないか？　歳をとると色々なことが遅くなると聞くぞ」

「確かに……筋肉痛は二日遅れて来ます」

この世界でも、症状が出るまでの日数と年齢には関係があったのか。少し切ないが、何にせよ体調不良の原因が分かってよかった。レベルも上がったことだし、改めてグレンに頼んでみる。

「グレンさん、あのときのリベンジも兼ねて、あの森に行ってもいいですか？」

「レベル35なら大丈夫だと思うが、一人ではダメだ。もしもの場合を考えて、三人以上で行くなら許可しよう。でも現在、高ランクの冒険者が不在なため、数日は待て」

「どのくらい待てばいいんですか？　ゴブリンの群れは今も森にいるんですよね。既に犠牲者《ぎせいしゃ》も出ているし、あまり猶予《ゆうよ》はないはずです。そのうち商人や村人が犠牲《ぎせい》になるかもしれない」

「そんなことは分かってる！　城にも応援要請をしたが、そんなことに兵は出せんと言われたんだ。だったら、俺が冒険者を選出するしかないだろうが！」

ゴブリンの群れの発生をそんなことと言ってしまう城の連中は、やっぱりどうかしている。それでも、早く調査をするべきだという考えは変わらなかった。俺の考えを察したのか、グレンは半ば諦《あきら》めたように言う。

「どうしても今すぐ行くと言うなら、ギルド職員を連れていけ。俺から言っておくから、明日受付で木札をもらえ。そのときに同行するギルド職員を用意しておいてやる」

「失礼ですが、足手まといはいりませんよ」

「ギルド職員を舐《な》めるなよ？　元冒険者がギルド職員になることも少なくないんだ。ブランクはあるが、元Bランクの職員を同行させる。そいつらを連れていくなら、森に入ってもいいぞ」

俺はグレンの条件をのみ、まだ見ぬギルド職員とともに、明日から森へ行くこととなった。

話を終えて宿に帰ると、女将《おかみ》に帰らぬ冒険者だと思われてしまっていたらしく、ひどく驚かれた。先払いしていた宿代が尽きる前になんとか戻ることができて、一安心だ。

第十三話

朝早く起きた俺は、宿の女将《おかみ》に再び留守にすることを伝えて、前回と同じ先払いの宿代と、シロたちの分の宿代を支払った。そしてギルドに向かい、二階の受付でグレンからの依頼の木札を受け取る。

今回はグレンの依頼だからか、木札に模様が入っている。これまではなんの変哲もない薄汚れた薄っぺらい木の板だったが、今回もらった木札は唐草模様のようなものが描かれていて、かまぼこ板ほどの厚みと長さがあった。

やはり特別な依頼ということかと納得し、ギルドを出たら、背後から肩を叩《たた》かれた。

「まさかと思ったが、やっぱりあんただったか」

振り向くとそこには、昨日ギルドで不正を疑われた際、俺を拘束していた二人のギルド職員が立っていた。あのときはよく見ていなかったが、二人とも二十代後半から三十代前半くらいの見た目で、普段から鍛えているのが分かるほどの筋肉を持っていた。

「あ、昨日はどうも。一応殴《なぐ》った腹は治療しましたけど、大丈夫でしたか？」

「うん、俺は大丈夫だった。不意打ちだとしても俺たちを一撃で倒したんだ。実力は充分だな」

「あんたがどんな冒険者か知らなかったとはいえ、すまなかったな。俺たちは元Bランク冒険者で、俺はグルだ。こっちが兄のゴル。今日はよろしくな」

「いえ、こちらこそ、よろしくお願いします」

　この二人が、森に同行するギルド職員のようだ。

　弟のグルは背中に大剣を背負い、兄のゴルは上半身を丸々守れるほどの大きさの盾を背負って、腰にはロングソードを差している。そして二人とも、黒の革の鎧を身につけていた。

　そんな二人と門を出て、森に走っていく……かと思いきや、門を出たところで二人は俺の分も含めて馬を用意していた。元の世界でも乗馬をしたことがなく、乗れと言われても無理な話だ。

「実は乗馬の経験がないんで、俺だけ走っていきます」

「大人しい馬だから、乗るだけで勝手に走ってくれる。行きたい方向に身体を向ければ言うことを聞いてくれるから、安心していい」

「ふっ、グルの言う通りだ。馬に乗れない冒険者はたくさんいる」

　グルの言うことを信じて馬にまたがると、特に暴れたりもせずに大人しくしてくれているが、それ以前に俺が間違って、馬の尻の方を向いて乗ってしまった。

「ぶはっ、グル。こいつ尻を向いてるぜ」

「そうだな、俺たちが先導してやるしかないな」

「いや、乗り直したらいいだけだから、一旦下りるよ」

おそるおそる馬の尻の方から下りると、うっかり尻尾《しっぽ》を掴んでしまう。すると、馬は驚いて、そのまま走り出してしまった。

それにあわせて、グルとゴルも馬を走らせる。

俺は馬の尻尾《しっぽ》に掴まり地面を引きずられたが、足を踏み込んでどうにか走り出す。だんだんと並走できるくらいの速さを保てるようになった。そうなったところで、馬の鐙《あぶみ》に足をかけて飛び乗る。今度はちゃんと、馬の頭の方を向いて乗ることができた。

飛び乗っても馬が止まることはなく、先に走るグルとゴルを追いかけるように速度を上げていき、昼前には森に到着した。

まだ森の中に入ってもいないのに、ゴブリンの群れが二足歩行の牛に食らいついているのを発見してしまう。

「こりゃあマズイな。普通、ゴブリンはあんな大きい魔物には手を出さないんだが」

「ああ、兄貴、どうするよ。一度ギルドに戻って、人員を増やしてもらうか？」

グルとゴルがギルドに戻りたそうにしているのを見て、俺は一人で行くと告げるが、さすがに一人で森に行かせるわけにはいかないようで、止められてしまう。一人で森に入らないというのはグレンとの約束でもあるし、そこは仕方ないだろう。

しかし、このまま放っておくこともできないと主張したら、やむなく二人も森に入ってくれることになった。

「危ないと感じたら引き返すからな！」

「いくらギルマスの頼みでも、一線から退いた俺たちの手に余る状況だからな」

グルとゴルはブツブツと文句を言いながらも馬から下りた。そして、俺たちに気が付いて迫ってきた複数のゴブリンを、グルは大剣の一振りで三体まとめて真っ二つにし、ゴルは大きな盾で一体ずつ弾いたり、盾だけで斬り裂いたりしていく。

二人はブランクがあるとは思えないスムーズな動きで、森から出てきていたゴブリンを殲滅《せんめつ》した。

俺は、二人が乗っていた馬の護衛として、近付くゴブリンを殴《なぐ》り飛ばしていった。

「おいおい、おっさん。あんたなかなかやるな」

「兄貴、俺たちも負けてられないぜ」

「いや〜、お二人に比べれば俺なんて全くダメダメだよ。ところで、これから森に入るのに、馬はどうするんだい？」

「ああ、魔道具を使うんだ。おっさん、馬から離れな」

グルは馬の背中に載せていた荷物から黒いピラミッド形の小物を三つ取り出し、三頭の馬のそばに一つずつ置くと、ピラミッドの頂上を押し込む。すると、ピラミッドがだんだん大きくなってそれぞれが馬を包んでしまった。

「これで大丈夫だ。あとは、俺のギルド証を登録すれば完了だ」

そう言ってピラミッドの側面部分に首飾りのギルド証を近付けたら、なんとそのまま吸い込まれた。ピラミッドはギルド証の色と同じ紫色に変化する。そして、すぐにギルド証が吐《は》き出されて、グルの胸元に戻ってきた。どういう仕組みなのか、大したものだ。

「へえ、こんな道具があるのか。面白い」

「おっさん、知らなかったのか？　まあ冒険者はそんなに馬には乗らないから、知らなくても無理ないか。これは馬を盗まれないように、それと襲われないようにする魔道具だ」

グルの説明に、強度はどれほどなのだろうかと軽く叩《たた》いてみる。コンコンと軽い音が聞こえるが、決して脆《もろ》くはなさそうだ。

「それにしても、倒してみれば普通のゴブリンだったな。これだったら一人でも行けそうだ。それじゃあ久々に大暴れするぞー！」

「兄貴、どっちがどのくらい倒せるか賭《か》けるか？　おっさんもどうだ、乗るか？」

ゴルは大盾を背中に背負い直し、ロングソードを掲げて大声で叫《さけ》ぶ。グルはゴルと俺に賭《か》けを提案してきた。この森のゴブリンが冒険者に大怪我《おおけが》をさせているのに不謹慎だと思い、俺はグルの賭《か》けには乗らなかった。

二人は同時に走り出し、森の入り口で分かれて別々に森に入ってしまった。

俺は二人をすぐには追わず、準備運動をしてから森に向かう。すると先に森に入っていたグルが、あちこちに小さな傷を負ってふらふらと出てきた。

「お、おっさん、ダメだ。ゴブリンの数が多すぎる！」

グルは俺のもとまでたどり着くと、引きずるようにして持っていた大剣を手離して、前のめりで倒れた。森からは、グルを追いかけてきたのであろう数十体のゴブリンが迫っていたが、俺は想像魔法で炎を出し、まとめて焼き払った。

「あんた、凄《すご》いやつだったんだな……。あの魔物の討伐数は、本当に不正じゃなかったのか」

そう呟《つぶや》くグルの傷を想像魔法で癒《いや》し、落とした大剣を拾ってから、肩を貸して馬の結界まで連れていく。グルはそこで大剣を受け取って地面に突き刺し、それにもたれかかるように座り込んだ。

「ゴブリンばかりだと軽い気持ちでいたんだが、とんでもねえぞ。兄貴を見つけたら援護してやってくれ。俺も体力が回復したら、再度森に入るからよ。くれぐれも無理はするなよ」

危険な森だということは充分分かっていた。俺は魔法で地面に大きな穴を掘って、先程焼死させたゴブリンを落とした。これで、ゴブリンを食べる魔物が現れることはないはずだ。

第十四話

短槍とショートソードを持って森に入れば、目前の木々の枝にゴブリンがウジャウジャぶら下がっていた。地面にもたくさんの四つん這《ば》いになったゴブリンが、こちらの様子を窺《うかが》っている。

ジワリと手の平に汗が滲《にじ》むも、負けるわけにはいかないと、近くのゴブリンの頭を短槍で一突きしたら、周りのゴブリンが一斉に襲いかかってきた。

今日は前回みたいに体調が悪くないからか、ゴブリンの動きがよく見える。やつらは石を投げつけたり、錆《さ》びた剣や槍で斬りかかってきたが、それよりも俺の短槍の方が先にゴブリンの頭や身体を直撃していった。

全てのゴブリンが一撃で倒せるため、俺はだんだんと楽しくなってきた。ゴブリンを狩りながら森の奥に進んでいくと、視界の端に俺の頭部目がけてロングソードが迫ってきた。走っていたのを急停止してしゃがみ込んだら、ロングソードが近くの木に深く食い込んだ。

「クソ魔物がぁぁぁ！」

意外にも、俺に斬りかかってきたのはゴルだった。

ゴルの大盾にはたくさんの傷が付いていて、彼自身も頭や身体から血を流していた。混乱して俺とゴブリンの区別がつかないのか、彼は大盾を前面に構えて俺にタックルしてくる。どうにか正気に戻ってもらいたいが、彼の頭上にある木の枝から、ゴブリンが剣を下に向けて落ちてきたのに気付いて、そちらを倒すことを優先せざるを得なくなった。

俺は自らゴルに突っ込んでいき、大盾を足場にジャンプして、ゴブリンをショートソードで斬り裂く。ついでに、ゴルを追いかけていたゴブリンを槍で素早く突いて倒した。

「ちょこまかと逃げんじゃねえ、クソ魔物がぁぁ！」

いまだに俺のことが分かっていないゴルは、木に深く刺さったロングソードを力一杯引き抜いた拍子に尻もちをつきながらも叫《さけ》んだ。ゴルの目を覚ますために、バケツ一杯の水を想像魔法で頭からぶっかけると、血だらけの頭と身体は綺麗《きれい》になったが、傷付いている箇所からはまたすぐに血が滲《にじ》んだ。しかし、ゴルは冷静になったようだ。

「……あれ？　あんたか。今まで素早い魔物を追ってたはずなんだが……」

「やっと正気になってくれたね。俺を魔物だと思い込んで、ずっと斬りかかってきてたんだよ」

「そうだったのか。大量のゴブリンを相手にしてるうちに、混乱してきちまって」

ゴルはそう言って頭を二、三度振り、あたりを見回した。

「おっさん、グルは見なかったか？」

「グルは森に入って早々に傷だらけになって戻ってきたから、馬の結界のところで休ませている」

「そうか、まさかこれだけのゴブリンがいるとは俺も思わなかった。一度ギルドに戻って応援要請をした方がいいだろうな。おっさん、あんたも一緒に戻るぞ」

ゴルの提案に、俺は首を横に振る。

「いや、俺はもう少し、ゴブリンを退治しつつ森の調査をするよ。余計なお世話でなければ、ゴル、君の傷を癒《いや》していいかい？」

「あんた魔法が使えるのか？　それとも回復薬か……まあなんでもいいか、癒《いや》せるのなら頼む」

あちこちの傷から血が出ているゴルにまた水をかけて綺麗《きれい》にし、ひとまず目に見える範囲の傷を癒《いや》す。ゴルはそれに驚いて、着用している革の鎧を脱ぎ、自分の身体を確認した。そこにはまだ傷があった。

「ああ、見えないところまでは癒《いや》せないのか、でも随分と楽になった。おっさん、このゴブリンの数は異常だ。スタンピードかもしれないが、ゴブリン王《キング》かゴブリン女王《クイーン》が現れている可能性もある。どちらにしろ一度ギルドに戻る必要がある。おっさんも一緒に戻ろう」

「さっきも言ったけど、俺はもう少しここで調べるよ。森を出るなら手伝うけど、ギルドに戻るならグルとゴルだけで戻ってほしい。もちろん、馬はそのまま持ち帰ってもらっていい」

「低ランクのおっさん一人をこんな森に残したら、俺たちの責任問題だぞ。どうしてもと言うなら、俺を背負って、なおかつ俺の手助けなしで森から出るくらいの実力を見せてもらわないとダメだ」

「それくらいなら大丈夫かも……。とりあえずやってみるけど、無理だったら一緒に戻るよ」

ゴルの大盾は自分で背負わせ、念のために俺の短槍とゴルのロングソードも持ってもらった。

そこから多くのゴブリンや魔物たちを、ショートソードで狩っていく。自分なりの最小限の動きで、近寄ってくる魔物に対してだけ攻撃しながら駆け回り、やっと森を出た。

途中、この場所に戻るときの目印にするために、木々に傷を付けている。

「ふうふう、は〜、やっと森を脱出できた〜。ゴル、約束通り、俺はもう少し一人で調査するよ」

「おっさんなのに凄《すご》いな。その歳で冒険者をやるだけのことはあるんだな。しかし、くれぐれも無理はするなよ？　最低でも、俺たちが戻ってくるまでは生きていろ」

ゴルは、すでに戻る準備をしていたグルのもとに向かう。そして、馬の背の荷物からピラミッド型の結界を出し、こちらに投げてよこした。

「どうしてもヤバくなったら、これを使え。結界の中にいれば、よっぽどじゃない限り安全だからよ。たくさんの冒険者たちを連れて戻ってくる。だから絶対死ぬな！」

二人は大声で、何度も死ぬなと言いながら、馬を走らせていった。

森に再び戻った俺は、魔物を倒しつつ、先程傷を付けた木を目印に進んでいき、ゴルが剣で深く傷を付けた場所までたどり着いた。地面には大きな水たまりができている。

この場所まで来るのにたくさんのゴブリンが現れたが、対処しているうちに、ゴブリンがやってくる方向がなんとなく分かってきた。

今のところ確信はない。だがとりあえずその方向に向かっていくと、地面に直径十メートルはあろうかという大きな穴が開いていた。

しかも、なんとその大きな穴からは、ゴブリンがワラワラと這《は》い出している。

穴全体を見るために近くの木に登って見下ろしたら、穴の底は暗くて見えないのだが、どうやら階段があるようだ。

階段があるということは、この穴は人工物なのだろうか？　しばらく穴の様子を観察していると、穴から一際《ひときわ》大きなゴブリンが這《は》い出てきた。その巨大さにびっくりしつつさらに観察を続けたところ、地上に出た巨大ゴブリンの大きさは、優に八メートルを超えていた。

「なんだ、ありゃあ」

あまりにも大きなゴブリンに、思わず声が出てしまった。

巨大ゴブリンは、木に隠れていた俺をジロリと睨《にら》み、手を伸ばして捕まえようとしてきた。俺は素早く木から降りて、ウジャウジャいる普通サイズのゴブリンを斬りながら、巨大ゴブリンの真下に入り込む。すると、巨大ゴブリンは俺を踏み潰《つぶ》そうと足踏みをしはじめた。だが、それによって俺ではなくゴブリンたちが踏み潰《つぶ》されていった。

俺は巨大ゴブリンのふくらはぎに掴まっていたため、潰《つぶ》されずに済んだが、ここにいた普通ゴブリンはみな踏み潰《つぶ》されてしまった。

巨大ゴブリンは俺をも踏み潰《つぶ》したと思ったのか、森の木々をかき分けて移動を始めた。こんな魔物を森から出してしまっては、普通のゴブリン以上に大変な事態になるのは間違いない。

俺は巨大ゴブリンのふくらはぎから近くの木に飛び移って、巨大ゴブリンの背後にある大きめの木によじ登る。ショートソードは腰にしまって短槍を持ち、巨大ゴブリンの後頭部に飛び移って、その脳天を一突きした。

だが巨大ゴブリンはそれでも死なず、頭を振って暴れ回った。俺が脳天を突いている短槍を必死で掴んで踏ん張っていると、巨大ゴブリンは急に前のめりに倒れた。

ゴブリンが倒れる瞬間に短槍から手を放して、近くの木に飛び移る。

そして、倒れたゴブリンの頭から短槍を抜こうと覗《のぞ》き込む。そうしたら、短槍は持ち手がちょこっとしか出ておらず、そのほとんどが頭に埋まっている状態だった。

気持ち悪いと思いながらも、どうにか持ち手を掴んで引っ張り上げると、ドロドロの血だらけの短槍が出てきた。さすがに、こんな状態の短槍は使いたくないな……

俺はあたりを見渡して人がいないのを確認した後、短槍の血の汚れが取れるよう想像魔法を使った。短槍は想像した通りにぴかぴかの、研いだ後みたいによく斬れそうな刃先になっていた。

第十五話

「さて、先を進むか」

綺麗《きれい》になった短槍を持ち、ショートソードも鞘《さや》から抜いて、先程の大穴に入ってみようと思った。

あの大穴からゴブリンが出てきているのなら、その元凶を調べて潰《つぶ》さなければ、いずれまたあの巨大ゴブリンも出てくると思ったからだ。

巨大ゴブリンが薙《な》ぎ倒した木々のせいで、地面を歩くのは困難だと判断した俺は、木から木に飛び移って移動し、なんとか大穴のある場所にたどり着いた。そうして大穴を確認すれば、またゴブリンが這《は》い出ている。

あの穴がどれほどの深さかは分からないが、これだけの魔物が出てくるのだ、相当なものだろう。

まずは歩きやすくするために、想像魔法で大穴を塞《ふさ》ぐほどの大量の水をできる限り流し込んだ。

これで、入口付近の雑魚《ざこ》は、倒せていないにしても、いなくなっているはずだ。

そして、このままでは俺も入れないので、その大量の水は消しておく。

それにより大量のＭＰを使ったので、しばらく休んで回復させてから、大穴に足を踏み入れた。

地上付近ということもあって最初のうちは足元も明るかったが、階段を下りるうちにだんだんと暗くなっていき、あたりの様子も見えなくなってきた。

こんな状況で急に魔物が出てきたら対処できない。そこで、深夜の道路工事で使われているバルーンのＬＥＤライトが宙に浮いたようなものを想像してみると、その通りのものが出てきた。自分で出しておいてなんだが、想像魔法はなんでもありだな。

少し眩《まぶ》しいが、この光量は頼りになる。これからより暗い場所に行くことを考えて我慢しよう。

湿《しめ》った階段を下りきったところであたりを見回してみるけれど、一つの明かりだけではよく見えない。とりあえず明かりの届く範囲を見る限り、とても広いフロアみたいだ。

同じバルーンのライトを想像魔法で三つ出して、暗がりの先の方へ飛ばしてみたら、突然バルーンが三つとも割れてしまった。割れる瞬間、壁際までギッシリとゴブリンがいて、そのうちの一体がバルーンに飛びかかって割ったのが見えた。

それならばと、今度は火を使うことを考えたが、もし火種になるような何かがここにあって爆発でも起こしたら堪《たま》らないと思い、その方法は却下する。

少し黙考したのち、思いついたのは氷だ。奥にいるゴブリンをまとめて凍《こお》らせるべく、俺が立っているところを中心に、フロア全方位に液体窒素が広がる想像をした。

この場所がどれほどの広さかは分からないが、液体窒素を想像してそう時間が経たないうちに、バルーンが割られた付近で微《かす》かに音がした。

音がした方に向かおうと足を踏み出せば、当然地面も凍《こお》っていたので、ツルンと滑って脇腹を地面に強《したた》かに打ちつけてしまった。脇腹がズキズキと痛む……肋骨《ろっこつ》が折れたか、ヒビでも入ったかもしれない。

すぐに癒《いや》そうとも思ったが、先に魔物が周りにいないかを確認したくて、再度バルーンを三つ出して前方に浮かせ、奥に向かう。

氷漬けのゴブリンを予想していたのだが、実際はゴブリンの姿のままで凍《こお》っていた。数百体はいるのではないだろうかと思うほどの大量のゴブリンが、壁のように積みあがっている。

フロア全体がどれほどの広さかを把握《はあく》することができた。階段から『ゴブリンの壁』までの距離がおよそ二百～三百メートルで、天井の高さは十メートルというところだ。

肋骨《ろっこつ》が痛むが、凍《こお》らせたゴブリンが全部死んでいるとは限らないため、念には念を入れて短槍とショートソードで全てのゴブリンの頭を一突きしていった。

ようやく全てを終えて、『ゴブリンの壁』を確認したら、最初の方に頭を突いたゴブリンがいなくなっている気がする……？　まあ数百体もの数だ、きっと気のせいだろう。

なんとなく脇腹の痛みがマシになっていたので、フロアをじっくり観察してみることにした。するとゴブリンの壁の先に、下に続く階段を見つけた。

どこまで続くか分からない上に一人きりで、さすがに恐怖を感じてくる。今いるフロアに巨大ゴブリンはいなかったが、もしやこの下の階にいるのだろうか。まさか巨大ゴブリンが何百体もいたりして。そんなことを考えてしまい、なかなか足を前に出せない。

ゴルの忠告通りに一度地上に戻ることも考えたが、また地上に巨大ゴブリンが現れては大変だと思い直し、もう少しだけ進んでみることにした。

もし自分の手に負えない魔物が現れたら、全力で逃げるようにしよう。

階段を前に色々と考えている間に、何百といたゴブリンの死骸が綺麗《きれい》になくなっていた。最初に倒したゴブリンがいなくなっていたのは、気のせいではなかったようだ。

もしかするとこの大穴は、ダンジョンなのかもしれない。なぜなら、ラノベによく出てくるダンジョンでは、倒した魔物がしばらくするとダンジョンに吸収されてしまうからだ。

それなら、あの大量のゴブリンがいなくなったことも説明がつくし、ダンジョンならば魔物が溢《あふ》れ出すのも分からなくはない。長く放置されたダンジョンから、生成された魔物が溢《あふ》れて地上に出てきたとか、何かのラノベかゲームで見たことがある。

ダンジョンの可能性を頭に入れつつ、この先には巨大ゴブリンクラスの魔物がいることも考えて警戒しながら階段を下りると、下に行くほど明るくなってきた。

なぜだろうと不思議に思っておそるおそる下っていけば、途中から木が見えてくる。

さらに階段を下りきったところで、そこには地上と見紛《みまご》うほどの木が生い茂っていた。ここは本当に穴の中なのかと疑いたくなるが、俺の背後には自然物ではない階段がある。やっぱり、ここは単なる洞窟ではなく、ダンジョンなのだろう。

天井には青い空が見え、どれほどの高さかも分からない。この場であれこれ考えても仕方ないので、とりあえず進むことにした。

木々や草が生い茂っているだけで道など全くない。ショートソードで草や小さな木を切りながら進んでいくと、今度はけたたましい鳥のような鳴き声が聞こえたため、驚いてあたりを警戒した。

木々が折れる音とともに鳴き声は俺に近付いてきた。そして、目の前の木が折れて、大きな頭の雄鶏《おんどり》が姿を現した。しかも、雄鶏の目と俺の目がバッチリ合ってしまう。俺は下手に動かずにそーっと後退りするも、雄鶏は再びけたたましい鳴き声を上げ、俺の頭をガッポリと咥《くわ》えて走り出した。

雄鶏のヌメヌメした舌が顔全体に当たって気持ちが悪いし、頭は取れそうなくらい痛い。

どこまで行くのだろうと思っていたら、雄鶏が急に走るのをやめ、俺をぺっと吐《は》き出した。

俺は投げ出された拍子に地面を転がり、そばにあった木の根に、痛めた脇腹から激突してしまって悶絶《もんぜつ》する。雄鶏はまたもうるさい鳴き声を上げた。

痛みをこらえて目を開ければ、なかなか最悪な状況らしい。

なぜなら、俺は雄鶏が大量にいる場所に連れてこられたからだ。

しかも先程は距離が近すぎて顔しか見ていなかったけれど、雄鶏の全身はほぼニワトリなのだが、尾羽《おばね》にあたる部分が三匹の蛇になっていて、怪しく動いている。

全力で逃げなければと思っても動けない、まさに、蛇に睨《にら》まれたカエル状態だ。

そんな動けない身体を無理矢理動かそうと、自身の頬《ほお》を殴《なぐ》った。ショートソードを強く握り締めた手で殴《なぐ》ったものだから、拳の威力が上がったのか、頬《ほお》が痛むだけではなく、口の中が切れてしまった。

でも、おかげで身体が動かせそうだ。俺は大きな雄鶏に攻撃される前に、思いっきりジャンプして跳《と》び上がった。

……跳《と》び上がったものの、やめておけばよかったとすぐに後悔した。なぜなら青色の空のような天井に頭をぶつけたからだ。

ここはダンジョン。天井が青色で明るいからって、もちろんそれは空ではないし、天井が高いとも限らない。つまり屋内なのに跳《と》び上がりすぎた。おまけに、下を見た瞬間に天井にぶつかったものだから、首が折れるかと思った。

落下しながら、無闇に動いたことを後悔したがもう遅い。やっぱり俺もゴルたちと一緒に帰っておけばよかったなと、目を瞑《つむ》って覚悟を決めたとき、フワッとした何かに包まれた。

何事かと目を開けて手で探ってみれば、なんのことはない、雄鶏の身体の上に落ちただけだった。雄鶏も身体に落ちた俺を気にする風でもなかったから、このまま首の痛みがある程度おさまるまでここにいようと、仰向けになって大人しくしていた。雄鶏はしばらく動かなかったものの、草むらの中から何か物音が聞こえた途端、一斉に動き出した。

どこに行くのだろうと思って、雄鶏の身体から顔だけ出して見ていたら、他の雄鶏と一定の距離をとった状態で森に入った後、すぐに元の場所に戻って座り込んだ。

もしかしたら、ダンジョン内の魔物はある程度決まった動きしかできないのかもしれない。もしくはこういう習性の魔物なのか。どちらにしても、次に森に入ったときが逃げるチャンスかもしれない。そう思って待っていたが、なかなか草むらから物音はしなかった。

それならばと、想像魔法で拳大の石を出して木が生い茂っているところに投げ込む。思った以上に音が出てしまったが、雄鶏は先程と同じように森の中に向かって走っていく。

首と脇腹がまだ少し痛むが、どうにかほどよい木に飛び移れた。そして、雄鶏がまた元の位置に戻ったのを確認してから、探索は諦《あきら》め、このダンジョンを脱出するべく、雄鶏のせいで分からなくなった上への階段を探すことにした。

第十六話

森を探索していると、一羽だけでウロウロしている雄鶏を見つけた。先手必勝で、雄鶏の頭上に想像魔法で出した大岩を落として倒す。そして尾羽《おばね》の蛇を見てみようと近付いたら、蛇は最初こそ近寄る俺に噛《か》みつこうとしてきたが、次第に衰弱していき、やがてパタリと息絶えた。

息絶えた蛇の頭を剣で斬り取って手に取りよく見れば、大きなアオダイショウみたいな見た目をしている。雄鶏に蛇ってミスマッチだろうと考え、一人で笑ってしまった。

その後も雄鶏が次々と現れるたびに、ショートソードや想像魔法で出した真空の刃で首を斬り落としていった。尾羽《おばね》の蛇も忘れずに倒していく。

気付けばたくさんの雄鶏の死骸に囲まれていた。この雄鶏を、どうにかして外に持っていきたい。異世界物によくある無限収納やアイテムボックスのようなものを、想像魔法で作れないだろうかと、想像すること数分……

「無限収納なんて、どうやって想像すればいいんだぁぁぁ！」

つい大声で叫《さけ》んでしまい、俺の声につられて、またもたくさんの雄鶏が集まり、倒すのに苦労する羽目になった。

無限収納についいては想像できなかったが、適当に異空間を作り出そうと想像したら、異空間に繋がる鍋の蓋程度の穴を目の前に出現させることには成功した。そしてその穴に雄鶏を近付けてみれば、吸い込まれるように消えてしまった。

穴を一度閉じて再度出現させてから、雄鶏が取り出せるか穴に手を突っ込んでみるが、どこかへ行ってしまっていた。それどころか、俺の手から肘《ひじ》にかけてが穴に吸い込まれていき、俺自身が危ない目に遭《あ》った。まだまだ実用にはほど遠い。

次に考えたのは、より具体的な想像だ。

今のところ使いものにはならないものの、異空間を作り出せるのは分かった。それならば、その異空間の中に物を収納できる場所として、ギルド地下の訓練場くらいの面積の部屋を作ってみる。

そして、雄鶏を異空間の収納場所に入れてから穴を閉じ、再び異空間の穴を出して、おそるおそる雄鶏を取り出そうと手を近付けたら、無事に穴から雄鶏が取り出せた。

これで無限収納ではないけど、アイテムボックスを手に入れることができた。俺は喜びをおさえきれずに、一人ダンジョン内でガッツポーズをした後、小躍りまでしてしまった。このダンジョンに人がいないからできることだ。

ただ、この異空間の穴は誰でも使えてしまうため、俺以外に見えないようにしなければならない。

そこで俺は座り込んで、さらに考えた。

完全に見えないようにするのは難しいかもしれないが、穴の入り口をできるだけ小さくできないものかと試行錯誤する。合間合間で襲いかかってくる雄鶏を倒しながら、ようやく砂粒ほどの小さにまですることができ、それを手の平で展開することも可能になった。

ただし、俺が作ったアイテムボックスには欠点がある。それは、穴を開けている間は少量だがMPを消費し続けてしまうことと、使用時にはアイテムボックスのことを思い浮かべておかないといけないという点だ。特に、入れるときにアイテムボックスのことを考えていないと、異空間の穴は最初のような、取り出し不可のただのゴミ箱となってしまうのだ。

しばらくは、普段は穴を閉じておいて、必要なときだけ開けるという感じでいこうと決めた。

たくさんの雄鶏の死骸は、アイテムボックスを想像している間にダンジョンに吸収されてしまった。だが、それ以降は出てきた雄鶏を倒してはアイテムボックスに収納していき、数十羽を入れたところで先に進みはじめた。

探索を続けると、上への階段ではなく、下《くだ》る階段を見つけてしまった。階段に近付いたら、また も真っ暗で底が見えない。

一度は帰ろうと決めて上への階段を探していたのだが、逆に下への階段を見つけたことによって、ここまで来たら最後まで行ってやろうと考えを変えた。

気持ちが変わらないうちに、階段を下りる。またも、徐々に暗くなり、周りが見えにくくなってきた。最初の階で出したバルーンのライトを浮かせて、さらに階段を下り、今度は広さ十畳ほどの部屋に行き着いた。

そこは扉が一つだけで、他に何もない部屋だ。

今度はどんな魔物が出てくるのだろうかと、ショートソードは腰にしまい、短槍を構えて扉を開ける。すると、目の前に黒い骸骨が現れた。咄嗟《とっさ》に後方に飛び退《の》いたが、骸骨はカタカタと音を鳴らしながら追いかけてきた。

骸骨を振り切るために下ってきた階段を駆け上がる。そうしたら、骸骨は階段までは追いかけてこず、カタカタと音を立てて俺を見上げているだけだった。

階段を上ってくることができないならと、見上げているだけの骸骨の頭を短槍で突いた。

頭は簡単に砕けたが、それでもカタカタと動いている。骨に対して剣や槍で斬りつけるのが効果的でないのなら、試しに階段から飛び下りる勢いでドロップキックをかましてみると、骸骨は簡単にバラバラに崩れた。

だが、俺はまたも地面に脇腹を打ちつけてしまった。馬鹿である。

上の階で治療するのも忘れて、アイテムボックスに夢中になっていたことを悔やみながら、肋骨《ろっこつ》を押さえて悶絶《もんぜつ》していると、開けっ放しの扉からワラワラとたくさんの骸骨が部屋に入り込んできた。その中には、剣や槍など武器を持っているものもいる。

肋骨《ろっこつ》は完全に折れてしまったかもしれない。部屋になだれ込んでくる骸骨の対処もしなければいけないのにこの痛み。どうしたものかと考えようにも、痛みで考えがまとまらない。

とりあえず、先程バラバラになった骸骨の長い骨を拾い上げて、そいつを杖の代わりに階段を上って一息ついた。

しかしその瞬間、足に激痛が走った。

何事かと後方を振り返れば、左足の先を骸骨が掴んでいて、階段を上りきれていなかったふくらはぎの部分に槍が突き刺さっていた。

槍を突き刺している骸骨は、心なしか笑っているように見える。

そんな左足を、他の骸骨も剣や槍で斬りつけようとしてくるのを見て、力を振り絞《しぼ》って階段を上がると、直後に剣や槍が地面に当たる音が大きく響いた。

部屋中が骸骨でいっぱいになっても、やっぱり階段は上がってこられないみたいだ。俺はようやく安堵《あんど》して、まず肋骨《ろっこつ》から想像魔法で治療しようとしたが、息をするだけで痛みが走り、集中できない。それでもどうにか治療を終え、次はふくらはぎに取りかかろうと足を見たら、槍が貫通していて、肉どころか骨まで見えていた。思った以上にひどい状態だ。

しかし槍は骨を逸《そ》れていたようで、不幸中の幸いである。ふくらはぎも想像魔法で治療してから、階段の下でひたすらカタカタと音を立ててこちらを見ている骸骨どもの胴体を、先程拾った長い骨で薙《な》ぎ払うように殴《なぐ》る。すると、やつらは呆気《あっけ》なくバラバラに崩れた。

完治した身体で階段を飛び下り、部屋内の骸骨を手にしていた骨で殴《なぐ》って崩していきながら、開けっぱなしの扉を閉めた。しかし、崩れて地面に積み重なった骨が振動しはじめたかと思うと、骨と骨がくっついて、元の骸骨に戻ろうとしていた。

ただ、最初に頭と胴体を砕いて崩した骸骨は、戻る気配がない。頭を砕けば完全に倒せるのだろうか？　試しに一番近くで元に戻りつつある骸骨の頭を砕いてから胴体を崩したところ、最初に倒した骸骨と同じく、全く動かなくなった。

面倒だが仕方ない。他の骸骨の頭も踏み砕いたり、拾った骨を使って殴《なぐ》ったり、槍の持ち手部分で叩《たた》いたりして全部の骸骨を壊すと、ようやく音がしなくなった。

これから先もきっと骸骨はいるはずで、遭遇《そうぐう》するたびにこの作業をしなければいけないのかと思ったら、うんざりする。

それでもここまで来たからには先がどうなっているのか気になるし、行かないという選択肢はなかった。気合いを入れるために自分の頬《ほお》を思いっきりビンタして、短槍の刃先を布でグルグルに巻いてから風呂敷にしまい、倒した骸骨の骨を持って、扉の向こう側へと足を踏み入れる。

そこは今までいた部屋と同じ、十畳ほどの広さの空間だった。違うのは、四方の壁に今開けた扉を含め、合計四つの扉が取りつけられていることだ。

この部屋に骸骨はもういないようで、少し安心して適当に正面の扉を開けると、またも骸骨が目の前に現れた。

今度は動揺せず、前の部屋での戦いと同じやり方で倒す。一匹倒したら、その背後にも骸骨がいたが、またも単純作業で倒す。そんな風に、次から次へと現れる骸骨を全て倒した。

そうして扉の向こうを確認すると、またも同じような作りで、十畳ほどの部屋の四方に四つの扉があった。全部こんな感じなのかもしれない。

それならひたすらまっすぐに進んでやろうと、正面の扉を開けては骸骨を倒すを繰り返していく。

しばらく進んでようやく突き当たりの部屋に来たが、そこは四つの扉が三つになっただけで、正面は壁だった。

突き当たりの部屋を右に曲がって、またもまっすぐ進んでいく、ということを繰り返していたら、前方の部屋の扉が開いていた。つまり、まるまる一周しただけなのだ。

そこで今度は、別の扉を開けて進んでみる。しばらく進むと大部屋に出て、そこはなんと部屋全体が下り階段になっていた。

俺は両手に骸骨の骨を持ち、階段を下りる。槍よりも骨の方が戦いやすいことに気が付いたのだ。短槍より軽いのに、かなり頑丈《がんじょう》にできているこの骨は、骸骨を倒すのにかなり役立っていた。

ちなみに、この骨はギルドで売れるのではないかと思い、途中からはきれいなものをアイテムボックスに収納していった。

またも意を決して階段に足を踏み出す。長い階段をひたすら下りていくと、前の階と同じような四つの扉のある部屋にたどり着いた。

この階も骸骨が出るのかと思いながら正面の扉を開けてみれば、今度は真っ赤な肌《はだ》の鬼がいて目が合った。急いで扉を閉めたが、鬼は向こう側から扉を壊してこちらの部屋に入ってきた。

風呂敷にしまっている短槍の刃先は布でグルグル巻きにしていてすぐには使えないし、剣もしばらく使わないだろうと腰に差してしまっていて、取り出しにくい。両手に持っているのは、やたらと頑丈《がんじょう》だが所詮《しょせん》は骨だ。

それでもないよりはマシだと、鬼に向けて振りかぶるが、簡単に掴まれ、奪われてしまった。

その骨で逆に襲いかかられたので、ダメ元で鬼を拳で全力で殴《なぐ》った。瞬間、違和感を覚える。先に襲いかかってきた鬼より早く、俺の拳が鬼の身体に到達し、相手の骨がバキバキと折れる感触、そして内臓のグニャリとした感触の後、また骨に当たって、最後に拳は手応《てごた》えを失った。

そこで、俺の拳が鬼の胴体を貫いたことに気が付いた。鬼は前のめりで俺の肩に寄りかかり、絶命している。

鬼の身体から拳を引き抜くと、腕が血と内臓に塗《まみ》れていて気持ちが悪い。すぐさま想像魔法で腕を綺麗《きれい》にした後、短槍を取り出して布を外し、剣も取りやすいように腰の横に回した。

そういえば、モブたちのレベル上げをしていたとき、素手で二足歩行の牛を殴《なぐ》って倒していたのを思い出した。今の俺のレベルなら、素手でも充分戦えるのかもしれない。森でゴブリンにやられてから、少し臆病《おくびょう》になっていたらしい。

これで準備は万全だ。

壊れた扉に近付いてそーっと向こう側を覗《のぞ》くと、大部屋で先程と同じ赤鬼と、二足歩行の馬や牛に豚などが、目的もなくウロウロ徘徊《はいかい》しているのが見える。

やつらは俺に気が付いていないようなので、俺は先手必勝とばかりに、壊れた扉から大部屋に向かって、想像魔法で風の刃を四方八方に繰り出した。魔物の断末魔の叫《さけ》びが聞こえる。俺はその声が聞こえなくなるまで想像し続けた。

魔物の声が聞こえなくなったところで風の刃を止め、再び部屋を覗《のぞ》く。すると、身体が真っ二つになったり、首が綺麗《きれい》に身体から離れていたり、四肢がバラバラになった魔物たちがいた。まだ辛《かろ》うじて生きている魔物もいるが、この状態なら放っておけば息絶えるだろう。しかし念のため、トドメを刺しておいた。

そうして、あまりにもバラバラになった魔物以外はアイテムボックスに入れてから、次に正面の扉を見たら、扉も風の刃で細切れになっていた。その場所に近付いたところ、向こう側から毛深い赤い腕が伸びてきたため、すぐさま腰の剣を抜いて斬り落とした。

斬り離された腕から血を流しながらこちらの大部屋に入ってきたのは、先程俺が身体を貫いた鬼と同じ大きさの鬼だ。今度は短槍で倒そうと頭に槍を突き刺したら、簡単には倒せたが、その鬼を蹴飛ばしてまた新たな鬼が現れ——次の瞬間、大部屋に鬼ばかりがなだれ込んできた。

逃げ場などないので正面から戦うしかなく、短槍と剣をひたすら鬼の頭部目がけて突き刺していく。身体や腕を攻撃した場合、一瞬動きが止まるだけですぐに殴《なぐ》りかかってきたため、確実に頭部を狙って倒していった。

倒した鬼も全部アイテムボックスに収納して正面の扉を潜れば、そこもまた大きな部屋だった。ただし、扉は入ってきたもの以外にはなく、やっぱり二足歩行の牛や馬に豚、そして鬼が歩き回っていた。俺は最初の大部屋に戻り、入っていない左右二つの部屋の様子を見ると、どちらも赤鬼ばかりだった。

鬼はすぐにこちらに気付いて一斉に襲いかかってきたものの、なんとか全部倒すことができた。

他の大部屋も魔物だらけだった。だが、全ての魔物を倒し、アイテムボックスに収納する。

改めて各部屋を見て回ったところ、このフロアは真四角の空間を九分割したような形で、全部で九つの大部屋があった。

その中央突き当たりの大部屋に階段を見つけ、下りてみる。そこには、地上で見たあの巨大なゴブリンが九体もいた。

大部屋だが、巨大なゴブリンが九体もいれば狭く見える。

この部屋を通らなければ先に進めないようだ。そこで仕方なく覚悟を決めて、巨大ゴブリンがうろつく大部屋に入る。

巨大ゴブリンは最初、俺が部屋に入ったことに気が付いていなかった。しかし、俺が下への階段を見つけてそちらに近付くと、一斉に襲いかかってきた。

これだけの数の巨大ゴブリンをどうやって倒そうかと焦《あせ》ったが、それは杞憂《きゆう》に終わった。なぜなら、巨大ゴブリンたちが大きすぎるせいで、階段に近付こうとしても自分たちの身体がぶつかり、ろくに進むことができないのだ。お互いでお互いの動きを邪魔するかたちになって、しまいには巨大ゴブリン同士で殴《なぐ》り合いを始めてしまった。

どうにか階段近くにいる俺のもとに来ることができた巨大ゴブリンは三体だったが、いずれももはや満身創痍《そうい》で、明らかに腕や足が折れている。他の六体は生きているものの、横たわって息も絶え絶えな様子だ。

巨大ゴブリンとはいえ、ここまで弱っていればさすがに倒せるだろう。俺は三体のうち一体の巨大ゴブリンの足を拳で殴《なぐ》ると、その一体はバランスを崩して他の二体にぶつかり、三体とも地面に倒れ込んでしまった。

今がチャンスとトドメを刺すべく素早く巨大ゴブリンの頭に飛び乗って、短槍で頭を突いて殺していき、全て倒すことができた。

地上ではまだアイテムボックスを作っていなかったから収納できなかったが、何かしらの素材になるだろうと、収納しておいた。もしなんの素材にもならないようなら、アイテムボックス以外の異空間に廃棄すればいい。

そして、これが最後であってくれと願いながら階段を下りれば……そこには、巨大な観音開きの城門のような扉があった。

これまでの扉とは明らかに違う見た目に、とうとうダンジョンボスがこの先にいるのだろうかと少し緊張する。意を決して扉に手を当てて思いきり押したら、扉は勢いよく開き、一歩足を踏み入れた瞬間に、壁際に並ぶ松明《たいまつ》に自然と青い火が灯《とも》る。

扉の先はドーム状の部屋になっていて、床は石畳だった。部屋の中央には、頭が牛で胴体が人型、山羊《やぎ》のような下半身を持つ全身銀色をした魔物が、片手にとてつもなく大きな斧を持って立っていた。

ここまで、ゴブリン以外の魔物は名前が分からなかったが、さすがにこれは分かる。この容姿はミノタウロスだ。

ただし全身銀色なのが気になる。下半身の毛で覆われている箇所までも銀色だ。

普通の武器による攻撃が果たして通用するのだろうかと、若干不安になる。だが攻撃してみれば分かることなので、まだミノタウロスの動きがない今、先に仕掛けるべく剣を構えて駆け出した。

頭部に飛び乗ろうとするが、俺が飛び上がった瞬間にミノタウロスは動き出し、斧を持っていない方の手で、ハエでも叩《たた》き落とすかのように床に叩《たた》きつけられてしまった。

またも肋骨《ろっこつ》にヒビが入ったか、もしくは折れたかもしれない。仰向けに転がり息をするのもやっとだ。そんな俺に、ミノタウロスは踏み潰《つぶ》そうとしているのか、山羊《やぎ》の鋭い足を俺に向けてきた。

脇腹の痛みを我慢して立ち上がり、短槍を毛むくじゃらの足に突き刺そうとするけれど、まるで金属でも突いたかのような鋭い音が響き、短槍を持っている手が痺《しび》れた。

その隙《すき》に、ミノタウロスの大きな斧が頭上から振り下ろされ、俺は咄嗟《とっさ》に短槍を手離して石畳を転がった。するとなぜか、石が飛んできて、バチバチと身体中に当たる。

不思議に思い、一瞬前まで自分のいた場所を見ると、斧によって石畳が抉《えぐ》られ、破片が飛び散っていた。手離した短槍は斧によって叩《たた》き潰《つぶ》されて折れ曲がり、刃先も割れていた。

ここは撤退すべきかと思ったが、先程開けた大きな扉は閉まっている。

ダンジョンボスの部屋は、ボスを倒さないと出られないのかもしれない。そのあたりも、異世界物のラノベやゲームと同じらしい。

この銀色に輝くミノタウロスを倒さなければ、生きて地上に戻ることができない。残りの武器はショートソードと薬草採取用のナイフだけだが、ナイフは武器としてまともに使えないから、ショートソードと想像魔法で戦わなければならないだろう。ミノタウロスを倒すために何を想像するかを考えなければならない。

とりあえず、次の攻撃が来る前に、肋骨《ろっこつ》だけでも治療しようと想像しはじめたのだが、やはりそんな隙《すき》は与えてくれない。よろよろと動きの悪い俺の胴体目がけて、斧を薙《な》ぎ払ってきた。咄嗟《とっさ》に床に伏せることで避ける。だが、ほっとしたのも束の間、すぐさま斧を持っていない方の手で身体を掴まれ、持ち上げられてしまった。

ミノタウロスの親指が、折れているであろう俺の肋骨《ろっこつ》に当たって、気を失いそうになるほど痛い。じわじわと握りしめてくるミノタウロスの握力によって、身体が圧迫される。

俺の苦しむ様子を楽しんでいるのか、それとも何も考えていないのか、ミノタウロスは光のない目で俺の顔を見つめていた。

だんだんと意識が薄れ、この世界に来てからの出来事が脳裏に浮かんできた。

召喚され、城を追放されてすぐ身ぐるみを剥《は》がされたり、汚物塗《まみ》れになったりと、短期間で色々なことがあった。

シオンに助けられ、ダンク姐《ねえ》さんと出会い、俺の常識はずれな想像魔法をよく注意されたな。そういえば、シオンの口の中に想像魔法で水を出したことがあった……

瞬間、これだ！　とひらめきが走った。

俺は意識をハッキリと取り戻し、まだじわじわと握りしめてくるミノタウロスの親指を、曲がってはいけない方向に力一杯折り曲げる。すると、大木がへし折れたかのような音が聞こえたのと同時に、ミノタウロスの手の力が緩んだ。そこで俺は、無理矢理ミノタウロスの手をこじ開けて地面に降り立ち、親指を押さえているミノタウロスの顔を覆うように、想像魔法で水を出した。

顔の範囲だけでは全部飲まれてしまうかもしれない。そのまま身体をも水で包むと、最初はミノタウロスも凄《すご》い勢いで水を飲んでいたが、間に合わないと悟ったのか、手で水をかき出そうとする。

しかし、それもどうにもならずに、ゴポゴポと肺の空気を出し切り、やがてその場に崩れ落ちた。

第十七話

再び動き出すのではないかとしばらく様子を見ていたが、ピクリともしなかったので、ミノタウロスをアイテムボックスに収納した。

それから身体の傷と肋骨《ろっこつ》を治療しようとしたら、肋骨《ろっこつ》の痛みと小さなすり傷が消えていた。

あれだけ痛みで気を失いそうになっていたのに、ミノタウロスを倒してからは傷が消えたばかりでなく、身体も若い頃のように軽く感じられる。

自身の身体に何か変化が起きたのは間違いないだろうが、とにかく今はダンジョンを脱出するのが先だ。ステータスの確認は後回しにして、俺は扉へと向かった。

だが、壁に灯《とも》っている青い火はいまだ消えていない。ミノタウロスを倒してもまだ何かあるのだろうかと思った。けれど、警戒しつつしばらく待っていても、特に何も起こらない。

そこで、ふと視線を感じた。後方を振り返ってみるが誰もいない。

よく見てみたところ、壁に丸いものが半分ほど埋まっていた。

それはソフトボール大の丸い物体で、触ろうとしたら、まるで拒むかのように、バチッと指先に強めの電気が走った。

気にはなったが、無理矢理この物体を取ったり触ったりしたら、またミノタウロスのような魔物が出てくるかもしれない。それだけは避けたいので、やっぱり地上に戻ろうと、大きな扉を開けようとした。やはりボスを倒したためか、すんなり扉が動く。しかし、そこに階段はなく、代わりに床いっぱいに青く光る魔法陣があった。

避けて通ることもできそうにないため、意を決して魔法陣に足を踏み入れた瞬間、強い光が俺を覆う。あまりの眩《まぶ》しさにぎゅっと目を瞑《つむ》ると、瞼《まぶた》の上からも光が当たっているのが分かった。

やがて光が次第に消えていくのを感じて、おそるおそる目を開けたら、目の前に見えたのは、生い茂る木々と階段が覗《のぞ》く大きな穴だった。

状況を判断するのに少し時間がかかったが、どうやら先程の魔法陣は地上に戻るためのものだったようだ。

なぜここが地上だとすぐに分からなかったかというと、地下に潜る前にあの巨大ゴブリンが薙《な》ぎ倒した木々が、大穴の周りになかったからだ。だからといって新しく木が生えているわけではなく、薙《な》ぎ倒された木々だけが取り除かれて、大きな道ができていた。

とにかく森を出てギルドへ行こうと歩き出す。奇妙なことに、森の出口までの間でゴブリンどころか他の魔物の姿も全く見ることはなく、ダンジョンに入る前に倒したはずの巨大ゴブリンの死骸もなくなっていた。

不思議なこともあるものだと感心しながらも、楽々森を出ることができたのがありがたかった。

それから王都までの道を走っていると、とある有名なゲームの戦士が着ているのと同じビキニアーマーを着用した女性を中心に、女性だけの五人組パーティが、十頭の二足歩行の牛と戦っていた。

どうも苦戦している雰囲気《ふんいき》だったため、お節介だろうと思いつつも、ショートソードと拳で牛の手足を斬ったり殴《なぐ》ったりして通りすぎた。

ちらりと振り向いたら、ビキニアーマーの女性が何やら叫《さけ》んで追いかけてきている。余計なことをしたという自覚はあったため、女性に捕まれば怒られるかもしれないと思い、速度を上げて逃げてしまった。

これだけ走って、しかも十頭の二足歩行の牛を倒してもいまだに身体が軽いことに驚く。おまけに、一時間もかからずに王都に着いてしまった。身体的には、二キロくらいゆっくりウォーキングをした程度の疲れしか感じない。

やはりかなりステータスが上がっているようだ。アイテムボックスのせいでわずかではあるが常にMPを消費しているのに、その怠《だる》さも感じないでいる。

王都の門を通過してギルドに入ると、何やら物々しい雰囲気《ふんいき》だった。

見たこともないようなゴツい鎧を着込んだ者や、ハンマーみたいにぶ厚い剣を持っている者など、もう昼過ぎくらいの時間だというのに、ギルドの一階にはたくさんの冒険者が集まっていた。

何事だろうと気にはなったが、低ランクの自分には関係ないと思って、二階に上がる。そこに、慌《あわ》ただしく走っているモアがいたので呼び止めた。すると、俺と目が合うなり、幽霊でも見たかのような甲高《かんだか》い悲鳴を上げた。

「ちょ、モアさん、どうしたんですか？」

「ミ、ミーツさん？　本物ですか？　死んでしまったのではなかったんですか？　グルさんとゴルさんが慌《あわ》てて帰ってきてから、三日も経っているんですよ」

どうやら、俺がダンジョンに潜っている間に三日も経っていたらしい。あの森の状況では、俺はもう生きてはいないだろうと思われていたようだが、それでも救出に向かわせるべく、遠方に行っていたCランク以上の冒険者パーティを呼び戻していたそうだ。

「もう、ギルマスもダンクさんもとても悲しんでいたんですよ。早くギルマスのところに行ってあげてください」

「分かりました。ではまた後ほど」

モアは俺の背中をぐいぐいと押して、グレンのもとに行かせようとする。俺も急いで行こうと早足で歩き出したら、突然の動きにバランスを崩したモアが、後ろから抱きついてくるかたちになった。思わず振り向けば、真っ赤な顔をして俺に頭を下げて、バタバタと走り去ってしまった。

俺はグレンのもとに向かい、ギルドマスターの部屋の扉をノックしようとしたところで、部屋の中から声が聞こえてきた。

「お兄ちゃん、なんでよ！　あたしも他の冒険者たちと一緒にミーツちゃんの仇を討たせてよ」

「ダメだ！　そんなことをすれば、バレてはいけない者にお前の存在がバレてしまうだろうが！　前にミーツを助けに森に向かったときは止める暇がなかったが、今回はさすがに止めるぞ。どうしても行きたいというなら俺を殺せ。そうしたら、俺はお前の心配をする必要もなくなるし、色々なしがらみからも解放されるからな」

「お兄ちゃん、黙って。扉の向こうに誰かいるわ。誰なの？　ノックはいらないから入ってきなさい。そして、あたしたちの話をどこまで聞いたか教えるのよ。逃げても無駄だからね」

話が終わるのを待っていたのに、それよりも先にダンク姐《ねえ》さんに感づかれてしまった。言われるままに扉を開けると、ダンク姐《ねえ》さんとグレンは俺の顔を見て固まった。そして盛大な叫《さけ》び声。

「ミ、ミ、ミーツちゃ～～ん！　やっぱり生きてたのね。あたしはミーツちゃんがそんな簡単に死ぬわけがないと思っていたわ」

「おい、ミーツ。お前は今までどこにいたんだ？　お前がゴブリンだらけの森に入ってもう三日だ。帰らぬ者になってしまったと思っていたぞ」

ダンク姐《ねえ》さんは俺の名前を呼びながら涙目で俺に抱きついてきた。グレンの質問に答えようにも、ダンク姐《ねえ》さんの締めつけがキツすぎて息ができない。

「おいダンク、ミーツはお前のせいで今度こそこの世とオサラバしそうだぞ？」

「ああ！　ご、ごめんなさい、ミーツちゃん。そうだ、シオンちゃんにもミーツちゃんが無事なことを伝えなきゃ！」

ようやく俺を解放してくれたダンク姐《ねえ》さんは、そう言うとすぐさま部屋を出ていった。

「まったく、騒がしいやつだ。それでミーツ、お前は今までどこで何をしていたんだ？」

グレンの質問に、俺はなるべく正確に覚えていることを伝えるのに努めた。森の調査の役に立つと考えたからだ。

一人で森に入ってたくさんのゴブリンを倒したことや、巨大ゴブリンが現れたこと、穴の中のダンジョンのこと。そしてその中の魔物やダンジョンボスらしき銀色のミノタウロスを倒し、ダンジョンから出てやっと帰ってきたら三日も経っていた――という話を細かく伝えた。

グレンは、ダンジョンの話のときは険しい顔になったが、俺が単独でミノタウロスを倒したと言うと、ほうと少し驚いた顔をしていた。

「お前はまだダンジョンに潜れるだけのランクではないが、そのダンジョン発見者だ、そこは大目に見よう。だが話を聞く限り、普通のBランクを集めたパーティでも厳しそうなダンジョンだな。しかも銀色のミノタウロスか、また厄介なダンジョンボスだな。よくお前一人で倒せたものだ。しかし、せっかく倒したのに持って帰らなかったとはもったいないことだ」

「魔物なら持って帰ってきてます」

「はあ、ダンジョンでたくさんの魔物を倒したことで、持って帰ってきたと錯覚《さっかく》しているんだな」

グレンはため息をつき、俺の頭がおかしくなったと首を左右に振った。そういえば、アイテムボックスのことをグレンに伝えなければいけないことを思い出す。素材を見せるついでに話そうと、俺は手の平を前に出した。

「いや、本当にあるんですよ。試しに、骸骨を出しますね」

そのまま手の平を下に向け、アイテムボックスからバラバラになった骸骨の一部を出す。当然ながら、床に骨が散らばった。グレンは驚いたように骨の前にしゃがみ込む。

「えっ！　ミ、ミーツ、何なんだ、これは……。ああ、そうかそうか、マジックバッグを隠し持っていたんだな？　驚かせやがって、どんなマジックバッグを買ったんだ？」

「マジックバッグじゃないですよ。アイテムボックスって知りませんか？　物体として存在しないマジックバッグみたいなものなんですけど」

床に散らばった骨に向けて手をかざすと、骨はアイテムボックスに収納されていった。

まだグレンは疑っている様子だ。仕方ないので今度は雄鶏の頭だけを出すと、部屋いっぱいの大きさの頭が現れて、グレンは咄嗟《とっさ》に机の下に潜った。

「おい、ミーツ！　お前、どんなマジックバッグを買ったんだ！　お前みたいな低ランクのやつが買える容量じゃないだろ！」

グレンはあまりにも驚いたのか、机の下から怒鳴《どな》ってくる。

「言ってるじゃないですか、マジックバッグじゃなくて、アイテムボックスだって。普通のマジックバッグがどのくらいの容量かは知りませんけど、俺のは結構な容量ですよ。無限とまではいきませんでしたが。魔物はまだまだ持ってますから、この場で出してみますね」

「ま、待て待て！　とりあえずこの頭を先にしまえ。それから、ギルドの解体場に行くぞ」

これまでギルドの解体場なる場所を見たことがなかった俺は、グレンの後をついていった。

グレンは一階でバタバタと走り回っているギルド職員を掴まえて、ゴブリンの異常発生の森は沈静化したので、緊急依頼の取り消し手続きをとるようにと話した。その後、ギルドの外に出て、ギルドの建物を、裏ギルドとは逆の方向に回ったら、下りの坂が現れた。

グレンはなんの説明もなく坂を下っていく。するとその先に、身長百五十センチほどのモジャモジャの髭《ひげ》が目立つおじさんが、ナタのような中華包丁を持ち、真っ黒な前掛けをして立っていた。

この格好からして、魔物の解体屋だろうか？

「おう、こりゃあ珍しい。ギルドマスターじゃねえか。こんなところにどうしたんで？」

「こいつが大量の魔物を持ってきたっていうから確認をな。こいつはミーツという、最近冒険者になったばかりのやつなんだが、ちょっと人に知られてはいけない魔法を持っているんだ」

グレンは背後にいる俺の背中を押して、おじさんに紹介してくれた。

「ほう。おっさん、元からの実力者か？　冒険者になる前は何してたんだ？」

「いや、ボンガ、こいつのことはあまり聞かないでほしい。ミーツ、この人はボンガだ。俺がギルドマスターになる前からここで解体屋をしている、いわゆる主だ」

俺はボンガに挨拶《あいさつ》をする。ボンガはグレンの言うことを素直に受け入れ、早速仕事に取りかかることにしたようだ。

「へえ、分かりやしたよ。で、今日はどのような物を？」

「ミーツ、この場でなら、お前が持ってる物を全部出しても問題ないぞ」

解体場はギルドの訓練場の半分ほどの広さで、ボンガの他には、魔物の解体をしている彼の弟子らしき若者が数人いるだけだった。

明かりがあまりないため薄暗く、なんとも気味が悪い場所だと思いつつも、俺はダンジョンで倒したバラバラの骸骨と雄鶏を数羽、二足歩行の牛や豚を取り出す。

「ほう、スケルトンロックにビッグチキンに牛魔にオークか。おっさん、なかなかの実力者だな。何人のパーティで倒したんだ？」

「ボンガ、こいつはゴブリンが大量発生した森に一人で入って、ゴルとグルを助け、さらにゴブリン大量発生の原因を突き止めた男なんだ」

「ガハハハ、ギルマスも冗談《じょうだん》が上手くなったもんだ。よし、分かった！　ワシはこれ以上のことは聞かんことにする」

ボンガは豪快な気持ちのいい男のようだ。彼が早速、俺の出した魔物を豪快に捌《さば》いていく。綺麗《きれい》な肉の断面を見る限り適当にやっているわけではなく、とても繊細《せんさい》な切り分けを行《おこな》っている。俺はボンガの魔物の解体に思わず見惚《みと》れてしまった。

「ミーツ、これで終わりか？　牛頭がどうのこうのと言っていたが、ミノタウロスも倒したのだろう？　持って帰ってないのか？」

「あ、いえ、まだあります。牛頭以外に巨大ゴブリンも持ってますから、先にゴブリンから出しますね」

ボンガの作業を見ていて、他の魔物を出すのを忘れていた。

「巨大ゴブリンだと？　もしかして、ジャイアントゴブリンのことを言っているのか。あれはBランクパーティでようやく倒せる魔物だぞ？」

「そうなんですか？　とりあえず出してみますね」

ボンガが魔物を解体している横の空いたスペースに巨大ゴブリンを出すと、彼とグレンは驚いていた。ボンガはすぐに弟子たちに解体の指示を出す。弟子たちは巨大ゴブリンによじ登って、心臓にあたる場所に思いきりノミを打ち込んだ。

巨大ゴブリンの胸から血飛沫《ちしぶき》が出るも、弟子たちは気にせずノミを打ち続ける。そして、拳ほどの大きさの、ルビーに似た赤い綺麗《きれい》な石を取り出した。弟子たちが腰に付けた布切れで拭《ふ》くと、石はさらに輝いた。

「ほう、なかなかの魔石を持っておったな」

「これだけの魔石ならば、白銀貨にはなるだろう。ミーツ、これはどうするんだ？　売るか、それとも持って帰るか？」

「売ります。ちなみに白銀貨ってどのくらいの価値があるんですか？」

初めて聞く通貨に興味が出て白銀貨の価値を聞くと、ボンガと弟子たちは、こいつは何を言ってるんだという目で見てきた。しかし、グレンは俺が異世界人であることを知っているから、素直に白銀貨の価値を教えてくれた。

「え！　そんな価値があるんですか？　それだったら、金貨や銀貨を交ぜていただきたいです」

「もちろん、そうするつもりだ。白銀貨なぞ、使える場所は限られるからな。それで、全部のジャイアントゴブリンの魔石を換金するのか？」

「いえ、一つだけにしておきます。残りは持っておきます」

正直金はいくらあっても構わないと思うが、魔石なるものにそこまでの価値があるのならば、いずれ何かしらの役に立つだろうから取っておきたい。

また、ジャイアントゴブリンは普通サイズのゴブリンと違って皮や骨が頑丈《がんじょう》で、装備品の素材として使われることもあるらしく、そちらもなかなかの高値で買い取ってもらえた。まだミノタウロスを出す前なのに、一気に大金持ちになってしまった。

第十八話

ボンガと弟子たちの素早い解体作業により、アイテムボックスに入っているミノタウロス以外の魔物の解体と買い取り査定が終わる。解体された魔物は、ボンガが所有する複数のマジックバッグに分けて入れられた。

「これで全部か？」

ボンガはまだまだ余裕そうだが、弟子たちは疲れ切った顔をしていた。

「いや、ボンガ。まだこいつはミノタウロスを持っているそうだ」

「なに、そんな大物まで持っていやがるのか！　今すぐ出せ、早く出せ！　ミノタウロスなぞ、滅《めっ》多《た》に解体できねえんだ。ワシは早く解体したいぞ」

ボンガはミノタウロスの名を聞くと驚き、俄然《がぜん》やる気を見せる。

ちなみにボンガの弟子たちは、ミノタウロスに興味がある者とこれ以上解体をしたくないという表情をしたの者とに分かれた。

「えーと、じゃあ出しますね」

念のため、そばにいるグレンをチラリと見ると、グレンは頷《うなず》いた。魔物解体用のテーブルを壁際に寄せて、空いたスペースに銀色に輝くミノタウロスを出したら、その場にいる全員が目を見開き、大口を開けて呆然《ぼうぜん》としていた。

ボンガの弟子たちはコソコソと、あれはミノタウロスか、いや別の魔物だろうと囁《ささや》き合う始末だ。

「あの～、ボンガさん。これってミノタウロスではないんですか？」

出した魔物が本当にミノタウロスなのか不安になり、呆然《ぼうぜん》としたままのボンガに尋《たず》ねれば、彼の唇《くちびる》はワナワナと震えていた。

「な、な、な、なんじゃこりゃーー！　こんな白銀に輝くミノタウロスなんぞ見たことないぞ！　ギルマスよ、これはなんて魔物だ！」

「……俺も初めて見るな。ミーツから銀色のミノタウロスと戦ったとは聞いていたが、まさかこんな銀色に輝くやつとは思わなかった。ボンガ、とりあえず解体してみてくれ。触った感じでは硬いが、これが具体的にどんな素材なのかが知りたい」

「う、うむ。わ、分かった」

ボンガはミノタウロスの腕に思いきり包丁を振り下ろす。だが、包丁はバキンと大きな音を立て、ミノタウロスの腕に傷一つ付けることができずに割れてしまった。

ボンガはバラバラに割れた包丁の刃を見つめた後、グレンと俺をチラリと見る。

「ギルマスよ、これはもしや……」

「ああ、おそらく間違いないだろう」

「お前ら、この場から今すぐ出ていけ！　ここからは、ギルマスとワシとこのおっさん以外は立入禁止だ」

弟子らは急いで自身の道具を持ってバタバタと解体場から出ていく。それを確認したボンガは、外に繋がる坂の上部にあるシャッターのようなものをガラガラガラと閉じた。

ただでさえ薄暗い解体場が完全に真っ暗闇になる。そこへボンガが手の平に魔法で火を灯《とも》して、解体場内にある松明《たいまつ》に火をつけて回った。

「さて、おっさん……ミーツといったか。こんな魔物をどこで倒して持ってきた？」

「ミーツ、お前はダンジョンの最深部にミノタウロスがいたと言うが、これのことで間違いないな？」

二人のおっさんに至近距離で詰め寄られ、数歩後退りするも、下がった分だけ二人はまた迫る。

俺は、グレンに話したダンジョン内での出来事を再度話した。

「ギルマス、あれを使う許可をくれ」

「そうだな、あれでないと無理だろう。許可する」

ボンガに許可を求められたグレンはすぐさま承諾した。

二人で松明《たいまつ》がつけられていない壁に、カード型のギルド証を当て、開けといった意味の言葉を二人同時に発する。すると、壁の一部に見たこともない読めない文字が浮き出てきて、その部分の壁が横にスライドした。

「ミーツ、この部屋のことは他言無用で頼むぞ。といってもお前のことだ、ついつい口を滑らせてしまわないとも限らない。念のため誓約書を書いてもらう必要がある」

「わ、分かりました」

グレンに返事をしたものの、スライドした壁の中は暗闇で何も見えず、グレンもボンガも中に入る様子がない。

二人が動くのをただ待っていたら、暗闇の部屋から石畳に剣を突き刺したような金属音がした。しばらくの間、そんな音が聞こえ続ける。

やっと金属音が収まったかと思うと、グレンが先に暗闇の部屋に入り、ボンガもそれに続く。俺もおそるおそるといった感じで、中へ入った。外から見ると暗いのに、中は明るかった。

壁や天井が銀色に輝いている。そんな壁には、文字の刻まれた漆黒の斧や剣に槍など、様々な武器がかけられていた。

ボンガは、その中から中華包丁と刀に似た刺身包丁を手に取って、グレンに手渡す。そしてグレンがそれらに手を当て、解放せよと一言だけ呟《つぶや》いたところ、中華包丁と刺身包丁に刻まれていた文字が消え、包丁が黒い光をまとった。

「さて、これからの解体作業はボンガに任せておいていいだろう」

そうグレンは言い、俺を連れて作業場の方へ戻る。そして、部屋の隅に無造作に積み重ねられている巻物を選別しはじめた。

「お前には先程言った誓約書を書いてもらう。もしこの部屋のことや、壁にかけられている武器のことを、俺とボンガ以外に話したら、罰が下《くだ》る。お前にはどんな罰がいいかな、話した途端に全身の毛穴から血が噴き出す罰や、しばらくの間いくら稼いでも持ち金がなくなる罰、一日中原因不明の痒《かゆ》みが全身を襲うとか、まあ色々あるが、どれがいい？」

どれも嫌に決まっている。

他にはどんな罰があるのか聞いてみると、洗っても洗っても全身汚物の臭いが取れない罰や、一生お腹が緩くなる罰、数年の間全身虫にたかられる罰など、ろくなものがない。まあ生易しいものでは罰にならないので、仕方ないのかもしれないが。

俺はまだマシと思えた、全身痒《かゆ》くなるというものを選んで、グレンが探し出した誓約書に自身の名前を書く。そして指から血を一滴垂らしたら、血を吸った誓約書が俺の身体に吸い込まれた。

「さて、ボンガのところへ戻るか」

「それで、壁にかけられている武器や、そもそもこの部屋ってなんなんですか？」

この厳重なセキュリティや誓約書を交わすことを考えても、よほど重要な部屋なのだろう。

「ああ、そういえば言ってなかったな。ここは代々、この国の代表ギルドマスターに受け継がれる秘密の部屋だ。壁にかけられている武器は、アダマンタイトと呼ばれるとても珍しい鉱石で作られたもので、国に没収されないように厳重にギルドで保管しているんだ。だから、たとえ相手が国王であっても、話してはいけないとされている」

なるほど、国王にも秘密なのか。まあそれでなくても、あいつには何も話すつもりはないが。

誓約書を書いているときから、ボンガの笑い声や驚きの声が聞こえてきて気になっていたが、いざ解体している現場を見ると、逆にこっちが驚いた。銀色の粉が舞い散る中、ボンガがとてもいい笑顔で包丁を振り回し、ミノタウロスを解体しているのだ。正直引いてしまった。

そんなボンガを、グレンは微笑《ほほえ》ましく見守っていた。

他の魔物を解体していたときと同様、ボンガはデタラメに解体しているように見えるが、その包丁捌《さば》きはとても緻密《ちみつ》だ。

そして、解体ショーが終わると、皮や肉に爪までも、綺麗《きれい》に分けて並べられた。ボンガは解体作業に満足したのか、自分が解体したミノタウロスのパーツを満面の笑みで眺めている。

「満足したみたいだな。このミノタウロスの肉は食えそうか？」

「ああ、ギルマス。久々の大物に大満足だ。肉は食えんよ。こいつの身体は血以外、全てミスリルでできていた。肉は乾燥させれば、ミスリルの塊《かたまり》になることだろうよ」

「やはりミスリルだったか、しかし肉までも……。ミーツ、お前、よくこんなのを、傷一つ付けずに倒せたな」

グレンが呆《あき》れ顔で言ってくる。

「ギリギリの戦いでしたよ。死ぬ寸前で、前にシオンに使った魔法を思い出したんです」

「しかしこれ全部がミスリルとなると、一体いくらになるんだ……。査定をやり直さなければならん。これからのことも考えたら、頭が痛くなる」

ボンガはいまだに恍惚《こうこつ》とした表情のままだが、グレンは頭を抱えてしまった。

「グレンさん、大体でいいんですが、どれほどの金額になりそうか分かりますか？」

「そうだな。ミノタウロスだけでもざっと白金貨一千から三千枚、いや、もっといくだろうな」

「だったら白金貨一千枚でいいですよ。もしそれ以上の金額になるなら、ボンガさんとお弟子さん、それからギルド職員のみなさんに臨時ボーナスとして、分けてあげてください。ミノタウロス以外の報酬も別でもらえるんですよね？」

「お前、命がけで倒してきた魔物を適正な金額で売らなくてもいいのか？　もちろんビッグチキンなどの魔物の報酬は、ミノタウロスとは別に払うが……ところで、ボーナスってなんだ？」

この世界にはボーナスという言葉がないのか。グレンがボンガに、ボーナスについて聞いたことがあるかと尋《たず》ねているが、ボンガも首を傾《かし》げている。

「いいですよ。ミノタウロスだけで最低でも白金貨一千枚になるんですから、充分です。それとボーナスっていうのは、臨時で支払う給料みたいなものだと思ってもらえたらいいです。きちんとした説明が面倒なんで、それで理解しておいてください」

「分かった。そのボーナスとやらは、ギルマスである俺ももらえるんだよな？」

「グレンさんより、ボンガさんたちやギルド職員にあげてくださいよ。グレンさんもお金が欲しいんですか？　結構稼いでいるでしょうし、必要ないでしょう？」

「いや、まあ、確かにそうだが。じゃあ、俺には何もないのか？」

グレンが明らかに残念そうな顔をしているので、さすがに気の毒になった。そこで、耳元でそっと後でギルマスの部室でプリンを出してやると伝えたら、みるみるうちに機嫌がよくなった。

ボンガは大事そうに包丁を抱きかかえて綺麗《きれい》な布で磨いていたが、グレンがそれを無理矢理奪って元の場所にしまうと、宝物を取られた子供のように悲しそうな顔した。なおも包丁を名残惜《なごり》しそうに見ているのを引き剥《は》がし、部屋をしっかりと閉じて、グレンと俺は解体場を後にした。

ギルマスの部室に入る前にグレンは一人でどこかに行き、戻ってきたと思ったら手にはそれは大きなタライを持っていた。

案の定、タライいっぱいのプリンを出せと言われる。正直少し引いたものの、タライを綺麗《きれい》にしたのち、グレンの要求に応《こた》えてプリンを出してやった。そうしたら、グレンは満面の笑みで俺に退出を命じた。

言われるままに部屋を出ると、よほど嬉しかったのか、扉の向こうからグレンの聞いたことのないような歓喜の奇声が聞こえてきた。びっくりしてそっと扉を開けて中を覗《のぞ》き見したところ、グレンがオタマほどの大きさのスプーンを使って、幸せそうに一口一口プリンを食べている。邪魔をしてはいけないと思い、俺は再び扉をそっと閉めた。

第十九話

ギルドを出たら、口の周りをプリンだらけにしたグレンが走って追いかけてきたので驚いた。今後倒した魔物を持ってくるときは、カモフラージュとして、マジックバッグの中でアイテムボックスを展開するといいと、ポシェットタイプの濃い茶色のバッグを手渡してくれた。

バッグの容量はカモフラージュ用ゆえ、マジックバッグとしては小さめの五メートル四方だというが、こういったものは初めて手にするため、ありがたくちょうだいすることにした。

グレンはまた明日ギルドに来いと言って、ギルドに走って戻っていった。

マジックバッグに手を突っ込んだりして感触を楽しみながら宿に戻れば、宿の女将《おかみ》も俺が死んだと聞かされていたらしく、灰と水が入った桶を捨てられていた。幸い俺が寝泊まりしていた部屋は空いていたため、また宿代を払って無事に泊まることができそうで安心した。

久しぶりにベッドに横になると、すぐに眠気がやってくる。これはよく眠れそうだと思っていたところに扉を叩《たた》く音が聞こえ、反射的に身体を起こして返事をしたら、遠慮がちに扉が開いた。

最初に顔を見せたのはアリスで、アリスの後ろから愛が覗《のぞ》き込むように顔を出した。

「あの～、ミーツさん、今大丈夫ですか？」

「よかった～、おじさん、生きていたんだね。これで私たちのレベリングを手伝ってもらえるね」

アリスは俺の身体を心配している様子だが、愛はよかったと言いつつ、自分のことしか考えていないのか、すぐにレベリングの話を出した。

愛に常識がないのか、それとも今時の子はみんなこうなのか……

「もう！　愛、先におじ……ミーツさんの心配しなよ。おじ……ミーツさんが死んだって知らせに来た冒険者の人も死んだことを疑わないくらい、大変な目に遭《あ》ったんだから」

「え～。だって、もう元気そうじゃん。ねえ、おじさん、いつから行ける？　今？　それとももう少し休みたい？　あ！　後で紹介したい仲間がいるから」

「はあ、もういいよ。アリスさんも無理に名前で呼ばなくてもいいから。確かに俺はおっさんで、君たちの親くらいの年齢だろうしね」

俺が森へ行く前に叱責《しっせき》したことなどなかったかのように気軽に接してくる愛に、怒る気持ちも失せてしまった。それに、アリスが俺を呼ぶときの「おじ……ミーツさん」という言い直しも気になり、仕方なく彼女らにはおじさんと呼ばせることにした。

「うん。おじさん、ありがとう。じゃあ私のことも、アリスって呼び捨てでいいですよ。もちろん愛のことも」

「ほら～、ね？　言ったでしょ？　おじさんはこの間のことはもう怒ってないはずだって」

「もう、愛！　ご、ごめんなさい。愛が失礼なことばっかり言って」

「うーん、もういいや。今時の子はこんな感じなのかなって驚いたけど、もういいよ。ただ、今日のところは休ませてほしい。さすがに疲れてるんだ。明日でいいなら相手をするよ。でも明日はギルドに行かなきゃいけないから、その後でもいいかな？」

「あ、はい。ごめんなさい。ほらっ、愛、行くよ」

アリスは頭を下げて愛の服を掴み、部屋を出ていった。これでゆっくり休めると思って再びベッドに横になると、今度はダンク姐《ねえ》さんがノックもせずに部屋に飛び込んできた。

「ミーツちゃん、お兄ちゃんに何したの！　お兄ちゃん、口の周りを汚したまま、幸せそうな顔して仰向けに倒れていたのよ！　何があったか聞いてもヘラヘラするばかりで答えてくれないし、お兄ちゃんのあんな姿初めて見たわ。きっと、ミーツちゃんがお兄ちゃんに何かしたんでしょ？」

俺がギルドから宿に帰るまでの短い時間に、あの量のプリンを食べ切ったのか……。さすがにグレンの身体の心配をしてしまう。だが今は、ダンク姐《ねえ》さんを宥《なだ》めるのが最優先なので、グレンにタライいっぱいのプリンを出してやった話をする。

するとダンク姐《ねえ》さんに、なぜそんなにたくさん出したのかと聞かれた。面倒だと思いながらも、ギルドの解体場でボーナスの話をしたことを伝えると、案の定ダンク姐《ねえ》さんもボーナスを知らなかった。仕方なく、グレンとボンガにしたのと同じ説明をして、無理矢理納得させた。

そういえば、ダンク姐《ねえ》さんはシオンのところに行っていたはずだ。彼の様子を尋《たず》ねてみれば、無事に治療室から出て、今は一人でダンジョンに篭《こも》っていると教えてくれた。

病み上がりで大丈夫なのかと心配になったが、ダンク姐《ねえ》さん曰《いわ》く、そこは難易度が低いダンジョンで、鈍《なま》った身体を元に戻すのに適しているそうなので安心した。

それから、俺が王都を出ていた間のシオンやギルドの様子などを一通り話してから、ダンク姐《ねえ》さんはやっと帰っていった。ようやく一息つけると思ったら意識が朦朧《もうろう》としてきて、ベッドに吸い込まれるように横になり、すぐに眠りについた。

目を覚ますと、俺はダンジョンの中にいた。王都に帰ってきたのは夢だったのかと思い、片手に刀を持ってダンジョンを探索していく。

しかし、俺が知っているダンジョンとは微妙に違っていた。なぜならば、俺が今進んでいる場所は、歪《いびつ》な鍾乳洞《しょうにゅうどう》の中だったからだ。地面はぬかるみで歩きにくいわ、天井は低く背筋を伸ばそうとすると頭を打ちつけるわといった、ひどい場所だ。

仕方なくぬかるんだ道を進んでいくと、前方からゴブリンほどの大きさのミノタウロスがたくさんやってきて、自由に身動きが取れない俺の身体に次々と斧を振り下ろしてきた。

「うわぁぁぁぁ！」

叫《さけ》び声を上げて、斧に裂かれたはずの肩や腹を触るもなんともなく、周りを見渡しても鍾乳洞《しょうにゅうどう》など見当たらない。少し冷静になるべく深呼吸を数回したのち、自分がどこにいるか改めて確かめたところ、薄暗い宿屋の一室であった。

どうやら悪い夢を見ていたようだ。起きた自分の身体を見れば、全身汗ビッショリの状態でベッドの上に立っていた。

「あの〜、どうされたんですか？」

扉の向こうからノックの音とともに、宿の女将《おかみ》らしき声が聞こえてくる。

慌《あわ》てて扉を開けて、なんでもないことを伝え、騒いでしまって申し訳ないと謝ると、女将《おかみ》は怒って、早朝から騒がないでくださいと扉を強く閉めた。

早朝ということは、もう朝なのか。木窓を開けて外を見たら、うっすらと明るくなっていた。

今日はグレンのところへ行くのと、あの高校生たちのレベリングの手伝いをやらなきゃいけないことを思い出す。やっぱり何日か先延ばしにしてもらって休みたいと考えながらベッドに戻れば、だんだん瞼《まぶた》が重くなっていく……

「……さん……じさん」

遠くで誰かの声が聞こえる。

「……おじさんってば！」

目を開けると、俺の身体を揺すっている愛の姿が目の前にあった。いつの間にか寝てしまっていたらしい。

「あ、ああ、愛か。なんだよ。もう少し寝かせてくれよ」

「おじさん、休みの日のパパみたい。今日から私たちのレベリングの手伝いをしてくれるんでしょ？　もう昼だよ、いつしてくれるの？」

愛の言葉にびっくりしてベッドから跳《と》び起き、木窓から外を見る。太陽は完全に上っていて明るく、外は普段通り人が行き交っていた。

まだ早朝だと思っていただけに、昼になっていることに呆然《ぼうぜん》とした。

「そうだね。でもギルマスに呼ばれてるから、その用事が終わってからだね」

「だったら、私もついていく」

「ダメだよ。ギルマスがどんな用事で俺を呼んでいるかも分からないのに、連れていけない。ついてくるならギルドまでだよ。ギルマスの部屋には入っちゃダメだ」

「むー、分かった」

愛は頬《ほお》を膨らませて俺の言うことに了解したが、納得していないのが分かる。それでも仕方ないことだと、俺はギルドに向かう準備を始めた。

起きたばかりでぼーっとした状態で、想像魔法で水を空中に出し、それに口を付けて乾いた喉を潤《うるお》す。そのままそこに頭を突っ込んで軽く顔や髪を洗った。その水は、窓の外の誰もいない場所に落として捨てた。

「おじさん、今のどうやったの？」

後ろから聞こえた声にびっくりする。そうだ、部屋にはまだ愛がいたのだ。

愛の存在を忘れて当たり前のように魔法を使ってしまい、どうごまかそうか考えていると、扉を叩《たた》く音が聞こえて急いで返事をする。扉を半開きにして、アリスが顔を覗《のぞ》かせた。

「やっぱりここにいた！　もー、愛、捜したんだから。なんでおじさんの部屋にいるの！」

「だって今日、おじさん、レベリングしてくれるって約束したもん。朝になっても下りてこなかったから、おじさんの様子見に来たの」

アリスは愛の話を無視して彼女の腕を掴み、お邪魔しましたと頭を下げて急いで部屋から出ていった。愛に魔法の説明をしなくて済んだことに安堵《あんど》し、俺も急いで支度をしてギルドに向かった。

昼ということもあってか、ギルドに冒険者の数は少なく、職員の中には受付で寝ている者もいた。

俺はいつものようにグレンのもとに向かうと、途中でモアに遭遇《そうぐう》した。

「あ、ミーツさん。今日、ギルマスはいませんよ。なんでも新しいダンジョンが見つかったそうで、今、王城に報告しに行ってます」

「そうなんですか？　あー、来るのが遅すぎたか。実は今日も呼ばれてたんですけど、いないなら仕方ないですね。出直します」

「あ、その必要はないですよ。ミーツさんを呼んだ理由について、ギルマスから言付《ことづ》かっています。おめでとうございます、今日からミーツさんはBランクの冒険者になりました」

「え？　なんで？」

「ミーツさんってとてもお強いんですね。スタンピード発生寸前のダンジョンを単独でクリアするなんて。本当はAランクかAランクより上のランクになる予定だったらしいんですけど、Aランク以上は特殊な依頼をされることが多く、特にギルドから依頼されると断ることができないんです。それでギルマスが、Bランクに留めておいたんでしょうね。では、ランクアップの手続きをしますから、ギルド証を預からせてください」

モアにランクアップの説明をされ、言われるままにギルド証を渡したら、モアは二階の受付の中に入っていった。そして数分後、Bランクの証《あかし》である紫色に変わったギルド証を持ってきた。

「これでどこのダンジョンでも入れますね」

前にも、国の管理するダンジョンに入れるのはBランク以上と聞いたな。でも……

「ダンジョンって、複数人で入る場合、全員Bランクでないといけないのですか？」

「いえ、一人でもBランクの方がいれば、低ランク冒険者も入れます。でもその場合、どのような危険な目に遭《あ》っても、全て自己責任になります」

「分かりました。ありがとうございます」

全員がBランクでなくていいというのは、いいことを聞いた。愛たちのレベリングはダンジョンに潜れば簡単に終わるだろう。

モアへの挨拶《あいさつ》もそこそこにギルドを出ようとすると、彼女が俺の服を掴んできた。

「まだ何か？」

「ギルマスからは、ミーツさんがどんな偉業を成し遂げたか聞きました。けれど、私には本当のことを話してくれてもいいのではないですか？　なんだかミーツさん、治療室を出てから冷たい気がします。私がどれだけミーツさんのことを心配したか分かってますか？」

モアに言われてハッとした。護衛の仕事の前夜にモアに好意を持っていることを伝えた後、まともに話ができていなかった。色々と大変だったからというのもあるが、それにしても確かにモアに対して素っ気なかったかもしれない。単純に忙しかっただけなのだが……

「すみませんでした。モアさんに好意を抱いていると言っておきながら、冷たい対応をしてしまっていたようですね。でも、本当のことは話してはいけないと言われているんです。申し訳ないですが、今は聞かないでください」

「あ、わ、分かってくれたらいいんです。でも本当のことを話してくれないのは残念です。ミーツさんが強い方なのは分かりましたが、これからは心配するような行動は取らないでくださいね」

俺が好意を抱いていると言った瞬間、モアは顔が赤くなったが、すぐに残念そうな顔をする。そして俺の紫色に変わったばかりのギルド証に口付けをしてから、俺を屈ませ、首にかけてくれた。

第二十話

俺はギルドを後にして、武器屋へ行って親父から新しい武器を買い、ついでに雑貨屋の婆さんのところで風呂敷やタライをいくつか買った。そうして宿に戻ると、入口では既に愛たちがそれぞれの武器を持って俺を待っていた。

「あ！　おじさん、遅いよ～。もう昼過ぎだよ。あのね、新しい仲間を紹介するね」

愛は、見覚えのある青年の腕を掴んで、俺の前に引っ張り出した。

「ども、正義《まさよし》っす。よろしくっす」

「正義くんの本当の名前はジャスティスっていうんだけどね。自分の名前が嫌いだから『まさよし』って呼んでくれって」

「おお、ジャスティスって今時の子らしい名前で格好いいな。この世界には合っているんじゃないか？　ジャスティスじゃ長いから、ジャスと短く呼んでみたら？」

正義と書いてジャスティス、俺の時代にはなかった発想だ。せっかくなので、俺はこの世界での呼び方を提案してみた。

「ジャスだって、正義くん、格好いいね。確かにこの世界では、ジャスティスの方が向いているよね」

「うんうん、確かに！　私もそう思う。シロさんもそう思いますよね？」

「そうだね。ミーツさんの言う通り、本名の方がいいかもしれないね」

俺の提案にみんなが同意する。正義本人もまんざらでもないようで、みんながそんなに言うなら と、はにかみながら受け入れた。綾の姿はない。

こうして新メンバーのジャスに愛、アリス、シロのレベリングをするため、みんなで一緒に門の方に向かうことにした。

「ねえねえ、おじさん。私のステータス、気にならない？」

その道中で、愛が俺の腕に絡みつき、そんなことを聞いてくる。たくさんの人が行き交う街の中で話す内容ではないと思いながら、適当に相槌《あいづち》を打ったら、突然彼女は自身のステータスを宙に出した。

「ちょ！　馬鹿！　あんたこんなところで何やってんの！」

「ブハハハ、愛ちゃん、パネエな」

「ホントだよ、愛ちゃん、ステータスは周りに人がいないところで出すようにしなきゃ」

アリスは愛の頭を叩《たた》いて、ステータスの表示をかき消そうと両手をバタバタと振り、ジャスは愛の行動に腹を抱えて笑い、シロはただオロオロと戸惑っていた。

愛は今時の子というのは関係なく、ただの問題児なんだな……

「そういえば綾さんはどうしてるんだい？　宿に引き篭《こ》もっているの？」

場の空気を変えたくて、気になっていた話題をシロとアリスに振ると、二人とも気まずそうな顔になった。そんな二人を気にせず、愛が綾は城に戻ったと言った。

俺とのいざこざの後、俺が死んだとギルドで騒ぎになったことで、やはりこの世界で安全に暮らすには、たとえクズでも王のもとにいるしかないという結論に至ったそうだ。置き手紙を残し、誰にも相談せずに戻ってしまったそうだ。まあそれも、自分で決めたことなら仕方ないだろう。

「ところでよお、愛ちゃん。レベリングってなんだ？」

「え、ジャスくん、今更？　レベリングって簡単に言うと、レベル上げのことだよ。レベルの高い人がレベルの低い人の手伝いをすることだよ」

「おお、さすが愛ちゃん！　なるほどなあ」

「へえ、そういう意味だったんだ。愛が当たり前のように言ってるから、聞くタイミングを逃してたよ」

「うん、実は僕も気にはなってたんだ」

そんなことを話しつつ、冒険者の門から外に出て、ダンジョンのある方向に向かう。しかし昼も過ぎた時間から徒歩で行ったら、ダンジョンに着くのは夜になるだろう。

そう考えると走っていくべきなのだが、試しに小走りで二キロほど走ってみたところ——シロが息を切らしながらもなんとかついてきたものの、ジャスはフラフラになっていて、愛とアリスに至ってはついてこられず、まだ遠くの方にいた。

これは、今夜は野営をして、朝一でダンジョンに潜るのがよさそうだ。愛たちが追いつくまで、座り込んでいるシロとジャスとともに待つことにした。

「ふへぇぇぇ、おじさん、ひどいよ。なんで何も言わずに走るの！　もう今日はレベリングどころじゃないよ」

「ほ、ほんとですよ。おじさん、ひどいです」

女子高生二人の汗まみれで死にそうな顔に笑いが込み上げてくるが、口に手を当てて必死に堪《こら》えた。しかしやっぱりバレてしまったようだ。

「おじさん、ひど～い！　私たちの顔見て笑ってるよ、アリス」

「おじさん、パワハラにセクハラで訴えられるレベルですよ」

「今の愛ちゃんとアリスちゃんの顔を見れば、おっさんの気持ちも分かるよ。それくらい二人の顔がウケる」

二人に責められる俺を擁護するように、ジャスが一緒に笑ってくれて助かった。

「さて、場も和《なご》んだし、もうひとっ走りしようかね」

「「「えぇぇぇぇぇぇぇ！　まだ走るの！」」」

「君たちは城で何やってたの？　たった二キロくらいの小走りでそれじゃ、これから魔物と戦うなんて無理じゃない？」

若者たちを奮い立たせるためにあえて憎《にく》まれ口を叩《たた》くと、シロとジャスは立ち上がり、まだまだ大丈夫だと言わんばかりに睨《にら》んできたが、愛とアリスは座り込んだまま落ち込んでしまった。

「ありゃ、男の子には効果的だったけど、女の子には逆効果だったか。まあどちらにしてもダンジョンに潜るのは明日になるから、今日のところはもう少し安全な場所まで行って野営しよう」

「え？　野営って野宿ってこと？」

「今日は宿に帰れないの？」

女子二人は野営が嫌なのか、ショックを受けていた。ついでにシロも驚いて嫌そうな顔をしたが、ジャスだけは「要はキャンプってことだろ？」とニコニコしていた。

「じゃ、野営場所まで行くよ。シロはできるだけ走ってついてきなよ。ジャスは俺の背中におぶされ。しっかり掴まっていろよ」

俺がそう言うと、ジャスは俺の背中にしがみついた。ジャスがちゃんと掴まったのを確認してから、二人の女の子を両脇に抱えて全力で走った。

猛スピードでの移動にジャスは喜んでいるみたいだが、女子二人は悲鳴を上げて、目的地に着く頃にはグッタリしていた。抱え上げたときはエッチだのスケベだの大騒ぎしていたので、静かになってよかったな、とこっそり思った。

全力で走ったため、シロの姿はもちろんまだまだ見えない。しばらくして日が傾いてきたことから、シロを迎えに行くべく走って戻ると、今にも倒れそうになっている彼を発見した。仕方なく、肩に担《かつ》いで野営場所まで連れていった。

野営場所は、森の近くにある川だ。

食事は、干し肉や干し芋を想像魔法で出すことにした。それをいかにもバッグから取り出したように見せかけながら、みんなに配った。食事を終えると、地面に直接寝るのは嫌だとかあれこれ文句を言っていた割には、全員すぐに眠ってしまった。

俺はあたりの見回りをしつつ、時折森から出てくる牛魔やオークの両手足をへし折って生け捕りにし、うるさいそれら魔物の口を川のそばに落ちている石や岩で塞《ふさ》いだりして時間を潰《つぶ》した。

魔物の鳴き声はなかなかうるさかったのだが、誰も起きる気配がないところをみると、相当疲れていたのだろう。

やがて日が昇り明るくなってくると、まずアリスが起きて早々、もの凄《すご》い悲鳴を上げた。アリスの悲鳴によってシロ、ジャス、愛の順に目を覚ましたが、みな次々と悲鳴を上げる。

というのも、夜のうちに捕まえた魔物を、彼女たちの眠る横に転がしておいたからだった。

軽いドッキリのつもりだったのだが、アリスは青ざめてガタガタと震え、ジャスもシロもドン引きしていた。唯一愛だけは、先ほどのは恐怖の悲鳴ではなく、喜びの叫《さけ》びだったようで、これらの魔物はどうしたのかとしつこく聞いてきた。

「君らが眠っている間に、レベリング用に生け捕りにしたんだよ。鳴き声がうるさかったから、その辺の岩で塞《ふさ》いである」

「やっぱり、あのときの鳴き声は夢じゃなかったんだ」

シロがげんなりした顔で言った。みんな寝ていたと思ったが、そうでもなかったのか？

「お、シロは起きてたのか？」

「はい、起きてましたけど、怖くて目を開けられませんでした」

「おじさんおじさん、すっご～い。これだと簡単にレベルが上がるね。でも連携の練習もしたいから、それのサポートもお願いね」

愛はレベリングだけではなく、連携も上手くなりたいらしい。確かにいくらレベルが上がっても、パーティの連携ができていなければ意味がない。俺は快く了承した。

生け捕りの魔物は愛、ジャス、シロ、アリスの順番でトドメを刺していくことに決定した。アリスは嫌だと駄々をこねたが、愛とジャスに強くなるためだと説得されて、ぎゅっと目を瞑《つむ》りながらトドメを刺しやすいオークを倒した。

第二十一話

次に、森に入る前にある程度戦えるようにしておこうと、俺は単独で森に入ってゴブリンを数匹連れて戻った。そうして、事前に打ち合わせをしておいたのだが、みんなに戦ってもらう。

「「『我の魔力を喰らいし火炎よ。我の言葉とともに敵を穿《うが》て！　ファイヤーボール』」」

厨二病全開の詠唱をする愛とアリスに、つい格好いいと思ってしまった。

城で練習していたのか、二人が真剣な表情で唱えると、手からソフトボール大の火の玉が飛び出

し、ゴブリンの頭に当たって絶命させた。

シロとジャスを見れば、彼らは別々に動いていて、シロはハイキック、ジャスは剣で一刀両断してゴブリンを倒していた。

「おじさんおじさん、見てた？　一撃だよ。一撃で倒せるなんて凄《すご》いでしょ……って、なんでおじさん、顔がニヤけてるの？」

彼女たちの詠唱する姿が格好いいと思っていたのが顔に出ていたようだ。俺にとっては格好いいのだが、二人はどう思っているのだろうか？

「アリスたちは、詠唱は恥ずかしくないのか？」

「え？　別に恥ずかしくないですよ。城で、魔法はこうやって放つって教えてもらいましたし」

「私は恥ずかしいよ。こんな厨二病みたいな詠唱、唱えたくないよ。でも、まだ無詠唱で魔法を出せるほど魔力も想像力もないから仕方ないんだよ」

「愛、あんた恥ずかしいと思ってたの？　だったら早く言ってよ～、私だって本当は恥ずかしいと思ってたのにー！」

愛の本音を聞いて、アリスは顔が真っ赤になってしまった。だが、魔法を放つ上で仕方ないことなので無詠唱で魔法を放てるまでは我慢しよう、と愛に宥《なだ》められていた。

「さて、ゴブリン程度ならもう大丈夫そうだね。それじゃあ、ダンジョンに行ってみようか」

「おじさん、昨日から気になってたんだけどさ。ダンジョンって、Bランク以上じゃないと入れないんじゃないの？」

「お、愛はよく知っていたね。そうだよ、ダンジョンに入れるのはBランクからだ。でも、Bランクの人がパーティに一人いれば、ダンジョンに入っても問題ないんだよ。俺は昨日Bランクになったから大丈夫なんだ」

「おじさん、すっご〜い！　もうBランクになったの？　昨日のギルドの用事ってランクアップだったの？」

「ホントに凄《すご》いね。私たちはまだ最低ランクのままなのに」

「おっさん、ダンジョンなんか入ってホントに大丈夫なのかよ」

「ちょっと、ジャスくん！　おじさんにおっさんって言っちゃダメだよ。ちゃんとミーツさんって呼ばなきゃ」

「えー、いいじゃんかよ。愛ちゃんとアリスちゃんも、おじさんって呼んでるくせに。なんで俺はダメなんだよ、不公平だ」

「私たちはおじさんに許可もらってるからいいの！」

俺の呼び方についてアリスが注意をしたことから、突然口論が始まってしまった。仕方ないので、ジャスにも俺をおっさんと呼ぶことを許可し、気を取り直して森の中に入った。

ダンジョンに向かう途中にもゴブリンは現れたが、ジャスとシロの二人でサクサク倒していった。

「さあ着いたよ。ここの階段を下りると真っ暗で広いフロアがあって、そこにかなりの数のゴブリンがいるからね。とりあえず数が異常なほど多いから、ある程度減らすまでは俺がやるけど、その後は君たちでやってみて。危ないと思ったら、その都度手伝うからさ」

そう言って、ダンジョン入口の階段を俺が先導しようとしたとき、愛が俺の脇をすり抜けていった。

「ゴブリンなら私の火炎で一網打尽だよ。『我の魔力で暗闇を照らせ、ライト』」

愛は階段を下りつつ、ランプ程度の明かりを出して、鼻歌を歌いながら先に行ってしまった。

まあ最初のフロアはゴブリンしかいないし、大丈夫だろうと、愛の先行を許した。

「あれ～、おじさーん、どこが広いフロアなの～」

先に下りていった愛の声が聞こえ、どうしたのかと急いで階段を下りれば、彼女の姿が見えた。

「あ、おじさん。これのどこが広いフロアなの？」

愛の言う通り、階段を下りきった場所は、前と違って広いフロアではなかった。むしろ狭い。あの骸骨——スケルトンロックが正式名とギルドで聞いた——がいた三階層みたいな部屋だ。

部屋には三階層と同じく、入ってきた扉を含め四つの扉があって、正面の扉を開けてみれば、目の前にゴブリンが現れた。驚いた勢いで張り飛ばしたら、飛ばした先にもゴブリンがいて、まとめて壁画みたいに壁にくっついた。

俺が倒したやつ以外にも複数のゴブリンがきちんといるのを確認したので、残りは愛たちに任せようと、あえて扉から離れたら、残ったゴブリンがこちらの部屋に入ってきた。

それにより愛やアリスはパニックになったが、冷静なシロがゴブリンに正拳突きを食らわせ、続いてジャスが別のゴブリンを斬り伏せる。ダンジョンに入るときの勢いが全くなくなった愛は、アリスと抱き合って終始震えていた。

「愛、さっきまでの勢いはどうしたんだい？　倒さないとレベルが上がらないよ？　アリス、君もだ」

「だってえ、急にゴブリンがたくさん部屋に入ってきたからあ」

「私も怖かったです」

「愛ちゃん、アリスちゃん、ゴブリンくらいだったら、シロさんと俺で倒してやるから、何も怖くねえよ」

「うん、ジャスくんの言う通りだよ。僕もまだ魔物は怖いけど、前衛の称号のおかげか、気持ちでは怖いと思っていても、身体が勝手に動くんだ。僕たちを頼ってくれて大丈夫だよ」

彼女たちが怖がっているのを見たジャスは、男らしい言動で励ました。そんなジャスにつられてか、シロも怖いと言いながらも一緒に励ましていた。

「さすが、男の子だな。俺は近いうちにこの国を出るから、今日でたくさんレベルを上げて強くなってほしい」

そう話すと、愛は驚いて騒ぎ出し、自分たちが強くなるまでいてくれなどと自分勝手なことを言い出したので、苦笑いで受け流した。

それにしても、どうして前回と部屋の形が変わっているんだろう？　俺が違う扉を開けてみたら、やはり目の前にゴブリンはいた。今度はメインの戦闘をジャスとシロに任せる。俺は、愛とアリスも戦闘に参加させようと、彼女らに近付くゴブリンを適当にあしらいつつ、魔法の詠唱をする時間を稼ぐというサポートに徹した。

ゴブリンだらけの部屋はこの後も続き、何十部屋も回ったおかげか、最後の部屋に行き着く頃には話しながらでも戦うことができるようになっていた。愛とアリスは魔法だけではなく、手持ちの杖や薬草採取用のナイフなどでもゴブリンを倒していた。

「おじさんおじさん、この次の階層はどんな感じなの？」

最後の部屋で階段を見つけたとき、ゴブリンを杖で倒している愛が聞いてきた。

「うーん、一階層からして俺の知っているダンジョンと違うから、下りてみないと分からないな」

「おじさんにも分からないんじゃ、未知の世界なんだね。なんだかワクワクしてきた！　ねえ、もう下りていい？　いいよね？」

「愛～、しばらく休もうよぉ」

「そうだぜ、愛ちゃん、下の階に下りたら、またすぐ魔物がいるかもしれないんだしさ」

「僕も休憩を取った方がいいと思う。ミーツさんはどう思いますか？」

俺も休憩を取ることを勧めた。

ダンジョン内であまり長く休憩するつもりはなかったのだが、昨夜は夜通し一人で見張りをしていたこともあり、意外と俺自身も疲れていたらしい。座って目を瞑《つむ》ったら、急に眠気がきて、そのまま気を失った。

「おじさん、おじさんってば、おじさん、起ーきーてー！　もう先に行っちゃうよ？」

愛が耳元で張り上げる声に目を覚ますと、みんな既に準備を終えていた。先程まで疲労感が見えていたアリスなど、スッキリと元気そうな表情になっている。

「悪い、俺はどれほど寝てた？」

「スマホも時計もないから正確な時間は分かりませんけど、多分二時間くらいだと思います」

「えー、うっそだー、アリスゥ、絶対三～四時間は経ってるよ」

「愛ちゃん、僕も二時間くらいだと思うよ」

「シロさんまでアリスの肩を持つのぉ？」

「いや、肩を持つとかじゃなくてね……」

「おっさんも起きたし、どっちでもよくね？」

俺の寝ていた時間について、ジャス以外の若者たちが揉《も》めはじめ、場の空気が悪くなりそうだったので、思いきり腹に力を込めて屁《へ》を放った。盛大な音とともに部屋中に臭いが立ち込め、とてつもない状態になった。

「おじさん、臭～い、何食べたらこんな臭くなるんですか！」

「ホントだよ！　もう、早く次の階層に行こう！　こんな臭いは耐えきれないよ」

「ミーツさん、こんなオナラするなら、せめて一言お願いしますよ」

「ぶへぇっ！　もうおっさん、死ねよ」

俺が屁《へ》をしたことにより、場の空気はさらに悪くなってしまった。本当の意味でも空気を悪くした俺に非難が殺到《さっとう》して、臭いから逃れるために、みんな我先にと階段を下りていった。

明かりを出していた愛がいなくなったことで一気に真っ暗になり、俺は以前出したバルーンのライトを想像魔法で出して明かりを確保した。

「そんなに臭かったかな？」

自身の出した臭いなだけに、そこまでひどいとは思わなくて独り言を呟《つぶや》いた後、換気をしようと部屋の扉を開ける。すると、前の部屋では時間が経ってゴブリンが復活したらしく、一匹が部屋に入り込んできた。こいつは、苦しそうな表情でひどい咳《せき》をして、ついにはゲーゲー胃液を吐《は》き出した。

「普段から臭いゴブリンですらこんな風になるのか」

前の部屋にいる他のゴブリンはこちら側に入ってこず、反対側の壁の隅に肩を寄せあっている。

いまだにゲーゲー言っているゴブリンは楽にしてあげようと、首を思いきりひねって倒し、俺も階段を下りた。

第二十二話

次の階層は、最初にあると思っていた広いフロアだった。

先に下りていた若者が、大量のゴブリンを相手に戦いを繰り広げている。

愛の出している明かりはランプ程度のもの二つで、この広いフロア全体を明るくするだけの光量はない。薄暗い中で若者たちは必死に戦っていたが、多勢に無勢でなかなかマズイ状況のようだ。

まずはもう少し戦いやすいようにしようと、バルーンのライトを三~四個出してフロア全体を明るくした。そして、大量のゴブリンに囲まれている若者たちを助けるべく、新たに買い直した剣と槍で素早く倒しながら彼らに近付き、若者たちとゴブリンの間に想像魔法で大きな壁を作った。

ゴブリンは壁を壊そうと、向こう側でガリガリと音をさせている。だが、しばらくは大丈夫だろうから、若者たちの状態を確認する。全員傷だらけで、中でもジャスとシロが深い傷を負っていた。

「大丈夫か！　今、癒《いや》すからな！」

急いで想像魔法を使うと、緑色の淡い光が彼らを包み、目に見えていた傷が消えていった。愛とアリスもそれなりに傷を負っていたため、同じように想像魔法で癒《いや》す。傷は治ったが、彼女らはＭＰが不足してしまっているようで、朦朧《もうろう》とした状態で激しい呼吸を繰り返している。

俺は以前、ＭＰの回復薬を出したのを思い出して、想像魔法で手の平一杯にそれを出し、二人にそれをどうにか飲ませた。すると少しずつ落ち着いていき、やがて眠ってしまった。

「おっさん、愛ちゃんとアリスちゃんは無事なのか？　死んでないよな？」

「ジャスくん、大丈夫だよ。二人とも寝てるだけだよ。ミーツさん、何を飲ませたんですか？」

「ＭＰ回復薬だよ」

「あれって結構な値段しますよね？　あんなにたくさん使って大丈夫なんですか？」

「いいんだよ。効率的にレベリングするためにこんな危険な場所に連れてきたのは俺だしね」

薬は想像魔法で出したなどと言えるはずもなく、俺は適当な理由をつけてごまかした。とはいえ、言った理由はまるっきり嘘というわけでもないのでいいだろう。

ジャスは、眠っている愛とアリスを見て申し訳なさそうな表情をしながら、口を開く。

「こんな風になったのは、俺がゴブリンくらいなら楽勝と思って群れの中に突っ込んだせいなんだ。俺たちを助けてくれただけじゃなくて、貴重な薬まで使ってくれてありがとな。それと……城でおっさんが追放されたとき、俺、浮かれてて、何もしてやれなくて悪かった」

ジャスは俺に頭を下げた。俺はそんな彼の頭を軽く撫《な》でて、大丈夫だと一言だけ言った。

そんなとき、壁を壊そうとしてガリガリとやっていたゴブリンがついにあちこちに穴を開け、顔を出した。

俺は、先にあいつらを倒そうとジャスに言うと、彼は地面に置いていた剣を拾い上げ、壁から頭を出したゴブリンの首を刎《は》ねるという、モグラ叩《たた》きの要領で倒していった。

だが穴は次第に大きくなり、やがて壁全体が壊れてしまう。

ただその頃には愛とアリスも復活していたので、まだまだいるゴブリンの群れを魔法で倒していった。

俺は極力ゴブリンを殺さないようにしながら、やつらの手足を折って動きを制限していき、そこに若者たちがトドメを刺していくのを見守った。

「はあ〜〜、疲れたー！　愛ちゃんとアリスちゃんが倒れて、シロさんまでやられたときは、どうしようかと思ったぜ」

「ホントだね。僕も完全に終わったと思ったよ」

「王都を出たあたりから思ってたけどよ、おっさんって強いんだな」

戦闘が終わると、ジャスとシロは座り込んで、この二階層での感想を笑いながら話し合っていた。

「おじさ～ん、まだ回復薬ってある～？　またMPが切れそうでキツイんだあ」

シロとジャスの会話を聞くともなしに聞いていると、後ろからキツそうな顔をした愛が回復薬を求めてきた。

「愛ちゃん、アレの価値を知ってて言ってる？　僕らが街でたくさんの依頼を受けて、ようやく一本買えるかどうかって値段なんだよ？」

「あるよ。はいどうぞ」

「そんな貴重な薬は、さすがのミーツさんもそういくつも……って、えぇっ！」

シロがブツブツ何か言っているが、俺はマジックバッグに手を突っ込んで、想像魔法で出したMP回復薬十本を、あたかもバッグから取り出したように二人に差し出す。

シロが回復薬を見つめて驚いているのを無視しつつ、若者全員が万全の状態になるまでしばらく休憩を取ることにした。

休憩中にも頻繁《ひんぱん》にゴブリンが復活したが、その度にジャスとシロの二人が倒していった。

「ジャスくん、シロさん、ありがとうございます。もう落ち着きました。次の階層に行っても大丈夫そうです」

「うんうん、私もおじさんがくれた回復薬のおかげで元気いっぱいだよ」

完全復活したアリスと愛がそう言ったところで、次の階層に進むことにした。ジャスを先頭に、シロ、アリス、愛、最後に俺という順番で並び次の階層に下りると、また一階層と同じような小部屋に行き着いた。

今度はスケルトンロックの階かと、警戒しながら俺が扉を開けるが、開けた先は魔物がいない部屋だった。

若者たちはその部屋を見て、一斉にため息をつく。かなり緊張していたようだ。

「チェッ、期待してたのに、何もいないのかよ」

「ホントだよね。完全復活したこの愛様が、華麗なる魔法を放とうと思ってたのに」

「愛、骨の魔物だったら、魔法が効きにくかったんじゃないかな。おじさんが言うには、頭を破壊しないと倒せないってことだし、狙うのも難しかったかも」

「僕はホッとしてるよ。ゴブリンにはもう慣れたけど、初めて見る魔物はやっぱり怖いからね」

ジャス、愛、アリス、シロ、それぞれがこの階層に出てくるであろう魔物の推測や感想を話しつつ、何もない部屋に足を踏み入れていく。そこで先に進んでいた愛が、少し焦《あせ》った声を出した。

「あ、おじさん、なんかヤバイかも。片足がゆっくり沈んだ。もしかしたら何かの罠かも」

「え！　愛、大丈夫？　おじさん、愛を助けてください」

このダンジョンには罠があるのか？　俺にとっても初めてのことだったため、念のため愛以外の子たちには、一つ前の部屋に戻ってもらう。

愛の足がそれ以上沈んでいく様子はないので、底なし系の床ではないだろう。とすると、床の足を再び持ち上げると、何かの罠が発動する仕組みにちがいない。俺は愛の踏んだ床に自分の足を載せ、愛にはゆっくり足を上げるよう指示をした。そして、無事に愛の足が床を離れる。

「おじさんはどうするの？」

「とりあえず愛は、みんながいる部屋に戻るんだ」

内心ビビリながら、いちかばちか足を上げて罠を発動させた瞬間——手前の部屋からバコンという大きな音がして、若者たちが悲鳴とともに消えた。

慌《あわ》てて手前の部屋に戻れば、なんと床が抜けている。あの床の罠はこの部屋の床につながっていたのだ。

とにかく落ちた若者を助けようと床に開いている大穴を覗《のぞ》くが、いざ降りようとしたとき、大穴が再び塞《ふさ》がった。さすがにこの状況はマズイと思い、隣の部屋で罠を再び起動させるべく床を踏むが、床は沈んだ状態になっていてもう動かなかった。

「なんで罠を起動できないんだ！　俺のせいで若者たちが死んでしまったかもしれない……最初の

階層を見たときに、俺の知ってるダンジョンと違うと分かっていたのだから、引き返していればよかった！」

しばらく自分自身の行動を悔やんだが、どこかに落ちていっただけで、死んでしまったとは限らない。そう思い直した俺は、彼らを捜すため先に進むことにした。

この階層は、どの部屋にも魔物がいない代わりに罠が待ち構えていた。それらは全て、床を踏んでしまうことにより発動するものだった。横の壁から複数の矢が飛んできたり、天井がゆっくりと降りてきて潰《つぶ》されそうになったり。また、足が膝ほどまで沈んで身動きができない状況の中を、四方の壁から無数の手が現れて俺の身体をくすぐるという、くだらない罠もあった。同じように身動きが取れない状態で、天井からヌルヌルするウナギやカエルなどの生き物が落ちてきたりもした。

最初こそ、下手したら死んでしまう罠ばかりだったが、後半は罰ゲームみたいなものばかりだった。ちなみに、罰ゲーム的な罠の場合は、ある程度時間が経てば解放される。

それにしても、このダンジョンは人が作ったとしか思えないような作りだった。しかし今はダンジョンについて考えている暇などなく、若者たちの無事を祈って下への階段を探す。

そうして見つけた階段を下りていくと、今回の階段はとても長かった。どこまでも下りて、やっと長い階段が終わったところでは、大きな扉が行く先を塞《ふさ》いでいた。

もしかしたらこの先は、あのミスリルのミノタウロスがいるのかと思い、思いきり扉を押し開けたら――座り込んで泣いている若者たちの姿があった。

「おじさ～ん、よかった～。助けに来てくれた～。ほら～、ジャスくん、おじさん来てくれたじゃん」

「本当におじさん、ありがとうございます。ジャスくんが私たちを不安にさせることしか言わなかったから不安になってたんです」

「だってよお、どの扉も開かない状態のこんな部屋に閉じ込められていたら、人生終わったと思っちゃうじゃねえかよ」

若者たちの落ちた後の状況が掴めず、泣いて文句を言い合っている若者たちの中で一人おろおろしているシロに、落ちてから今までのことを聞いた。

シロによれば、あの罠によって落ちた後、ウォータースライダーのように水の流れる坂をひたすら滑ってここに落ちてきたそうだ。部屋の両側に大きな扉があるものの、押しても引いてもビクともしない。

そこで仕方なく、俺が助けに来ると力説する愛の言葉を信じて、ウォータースライダーが面白かったとか、自分たちのレベルが上がっていることなど雑談していたという。だが、一時間待ち、二時間待ち、三時間待っても俺が来ないので、次第に不安になっていった。

ついにはジャスが、俺が死んだのではないかとか、助けには来ないとか言いはじめたことで、泣きながらの言い合いになったのだという。

俺が来た今も、愛はジャスに、助けに来てくれたんだから謝って、と言う。ジャスはジャスで、俺は悪くないと返している。それを見て、俺はなんだかおかしくて笑ってしまった。

「おじさん！　なんで笑ってるの！」

「そうだぜ、おっさん！　何もおかしくないぜ」

「あははは、私はおじさんが笑うのも分かるな。愛もジャスくんも、せっかくおじさんと合流できたのに、いつまでもケンカしてるんだもん」

「よかった。ミーツさんが来てくれたおかげで、最悪な空気が変わったね」

いまだ言い争う愛とジャスは放っておいて、入ってきたのとは別の扉に手をかけてみる。

すると、愛が駆け寄ってきて俺の腕を掴み、自分たちが先にここにたどり着いたのだから、この扉を先に開ける権利があるなどとわけの分からないことを言い出した。面倒なので、愛に扉を開けるのを譲ることにする。先程まで真剣にジャスと言い争いをしていたとは思えないくらい、愛は笑顔になって扉に手をかけた。

第二十三話

「うわあ、おじさんおじさん、これがダンジョンボスなの？　大きなゴブリン！」

愛が扉を開けた先にはミノタウロスではなく、赤いジャイアントゴブリンが一体だけいた。

「アレって、普通のゴブリンが大きくなっただけでしょ？　簡単に倒せそうじゃん」

「いや、愛ちゃん、アレは無理じゃね？」

「私も無理だと思う。おじさんも無理だと思いますよね？」

「あれだけ大きかったら、僕の打撃は効かないだろうなあ。もう諦《あきら》めて地上に戻ろう」

愛以外は倒す自信がないようだ。でも時既に遅しというやつで、愛がボス部屋に足を踏み入れると、なぜか背後から押されるように俺たちもボス部屋に入ることになってしまった。案の定、ボス部屋に入ると、扉は閉まって開かなくなった。

「ちょっと、愛～！　なんであんたはいつも何も考えないで行動するの！」

「だってアレくらいだったら、みんなで協力したら倒せそうじゃない？　ていうか、無理だと思うなら入ってこなきゃよかったじゃん」

「愛が入ったから、私たちも強制的に入れられちゃったんだよ！」

パーティの一人がボス部屋に入れば、仲間たちもみんな放り込まれてしまうらしい。ボス部屋というのは凄《すご》い仕組みになっているんだな、と感心してしまう。

「一度でも入ってしまったのなら、ボスを倒すしか、ここを脱出する方法はないわけだし、とりあえず君たちで戦ってみるといいよ。どうしても倒せそうになければ、俺が弱らせるから」

俺は若者に提案し、ジャイアントゴブリンと若者チームとの戦闘が始まった。

最初に動いたのはジャスで、ジャイアントゴブリンに剣で斬りかかる。だが、足に少し傷を付けただけでその足に蹴り飛ばされた。

ジャスが動いたのと同時に、愛とアリスは詠唱を始めていた。ジャイアントゴブリンがそれに気付き、彼女たちを足で踏みつけようとしたところで、シロがジャイアントゴブリンの足裏に潜り込んで支えた。

しかし、まだジャイアントゴブリンの力に耐え得るだけの力を持っていないシロは、だんだんと押されていく。ただ、シロが支えたおかげで彼女たちは逃げることができ、その間も止めなかった詠唱による火の魔法が、ジャイアントゴブリンの顔に直撃した。けれど、ほとんど効いていない。ジャイアントゴブリンはケロッとしていた。

油断した愛とアリスは、ジャイアントゴブリンの平手打ちにより、飛ばされて壁に激突してしまう。

このままでは、若者たちに勝ち目はなさそうだ。俺はまず傷だらけの若者たちを想像魔法で癒《いや》してから、ジャイアントゴブリンにジャンプで近付く。そして、両足の膝を思いきり殴《なぐ》って膝の骨を砕き、念のために両足を剣で斬りつける。剣は折れてしまったが、ジャイアントゴブリンの両足も斬り落とすことができた。

「さあ、ここまでやったんだ。これから先は倒してみろ」

戦意喪失している若者たちを鼓舞《こぶ》するように言うと、ジャスが歯を食いしばりながら立ち上がる。

そんなジャスの姿を見たシロが立ち、愛、アリスも涙を流しつつ立ち上がった。

ジャイアントゴブリンは両足がなくなり這《は》った状態で戦う気は満々らしく、動き回れない分、手をガムシャラに振り回している。

「こんなの足がなければ、ただのカカシじゃねえか」

ジャスは叫《さけ》び、ジャイアントゴブリンの背中によじ登って、やつの手の届かない箇所を、剣でひたすら突き刺しはじめた。

ジャスの言葉に触発されたのか、愛とアリスも血が噴き出している足の傷口に魔法攻撃を加えた。

また、顔ではあまりダメージを与えられないのを学習して、ジャイアントゴブリンの耳に向かって『アイスアロー』や『アースアロー』といった火以外の魔法を繰り出していた。

「ジャスくんの言う通りだね。僕たちは勝てる！　ここで勝たなきゃ僕たちは、きっと自分より弱い魔物しか相手にしなくなる」

　立ち上がってすぐどこかへ移動したシロは、気付けばジャイアントゴブリンの首に乗っていた。そこで高らかに自分を鼓舞《こぶ》すると、はあ～～っと気合を入れて、瓦割りのように拳をやつの首に叩《たた》きつけた。

　シロの拳により、ジャイアントゴブリンの首の骨が鈍《にぶ》い音を立て、やがてその身体はグニャリと地面に伏した。

「……やったのか？」

「やったやったやった！　最後はシロさんがトドメを刺したけど、私たちが力を合わせて倒した！」

「ホント、愛、私たちがやったんだよね？」

「はあ～～、やっと終わった～」

　今の若者たちだけでは到底勝ち目はないであろう魔物を倒したことにより、それぞれが喜んでいた。そして、トドメを刺したシロのもとにみんな駆け寄っていく。

　俺は離れた場所でそれを見守っていると、倒したはずのジャイアントゴブリンの目が突然見開かれたのに気付いた。やつは腕を伸ばし、近くにいたアリスを大きな手で捕まえた。

「きゃぁーーー！」

「そんな、アリスが！」

「ちくしょう！　まだ死んでなかったのかよ」

「そんな馬鹿な、確かに手応《てごた》えはあったのに」

首の骨は確かに折れているようだが、首を動かさないままジャイアントゴブリンはアリスを自分の口元に持っていき、汚らしい長い舌で舐《な》め回している。

アリスを助けようと、ジャスとシロは攻撃を始めるが、ジャイアントゴブリンは空いた方の手で彼らに平手打ちをして弾き飛ばした。

そして、唯一無傷である愛も掴んで、アリス同様に舐《な》め回し、今にも口に放り込みそうになった。

これはさすがに危険だと判断し、俺はジャイアントゴブリンの顔の下に素早く潜り込んで、やつの顎《あご》に目がけて跳《と》び上がった。

その衝撃によって、ジャイアントゴブリンは舌を噛《か》み切ってしまい、顎《あご》も粉々に砕ける。だが、それでもまだ彼女たちを放さない。どうにか解放させるべくやつの腕を殴《なぐ》って骨を砕き、さらには指を一本一本へし折ると、さすがのジャイアントゴブリンも痛みに耐えきれず、二人を手放した。

落ちてきた愛とアリスを抱きかかえて部屋の隅に運んでから、ジャイアントゴブリンの首に登って思いきり足で踏み抜く。今度こそやつは確実に絶命した。

若者たちを見れば、こちらもひどいものだった。

壁にほぼめり込んで動かないジャスとシロ、ジャイアントゴブリンの舐《な》め回しにより唾液《だえき》だらけの愛とアリス。先にジャスとシロを治療しなければマズイと判断し、想像魔法で治療した後、二人の汚れが取れるように想像して綺麗《きれい》にしてやった。

「おじさんおじさん、おじさんのスキルって一体どんなものなの？」

「愛！　ステータスを見せてと言うのも、スキルを聞くのも失礼だって教わったじゃない」

「だってえ、アリスは気にならないの？　詠唱なしで治療したり、私たちの身体を綺麗《きれい》にしたり、それってどんなスキルだろうって」

「それは気になるけど……だからって、個人の能力のことだもの、聞くべきじゃないと思う」

「アリス、ありがとう。確かに教えてあげられないかな。誰にでも言えるスキルじゃないからね」

「むー、そんなこと言われると、余計気になっちゃうじゃん！」

「愛ちゃんの言う通りだよ、おっさん。そこまで言ったなら教えてくれよ」

ジャスも俺のスキルについて聞いてきたが、それもアリスが制止した。

「さて、ジャイアントゴブリンも討伐したし、魔石を取って王都に帰ろうか」

「『魔石？』」

「え、ゴブリンって魔石持ってるの⁉」

「普通のゴブリンは持ってないけど、このジャイアントゴブリンは持ってるんだ。ちょっとジャス、剣を借りるよ」

俺はそばに落ちているジャスの剣を拾い上げて、ジャイアントゴブリンの胸のあたりを何度か突き刺していく。するとカツンと硬い反応があったので、剣をノコギリのように使って肉を斬り、魔石を取り出す。それは、俺が持っている魔石より大きかった。

俺が前に倒したジャイアントゴブリンとは身体の色も違ったし、ダンジョンボスだということもあって、魔石も大きいのかもしれない。確かに、強さも今回の方が上だった。

ジャスの血塗《ちまみ》れの剣を綺麗《きれい》にしてから返して、魔石はマジックバッグに収納するふりをしてアイテムボックスにしまっておいた。

魔石を取ったジャイアントゴブリンは、ダンジョンに吸収されて消えた。もう少し遅かったら、魔石を取り出すことができなかったかもしれない。

やがてフロアの中央に魔法陣が出現し、全員でそこに乗ると地上に転移された。

地上に出て分かったのだが、ダンジョンに入ってから、丸一日以上の時間が経っていたようだ。

若者たちには地上で休憩を取らせておいて、俺だけもう一度ダンジョンに潜ってみる。

一階層に到着したら、俺が初めてこのダンジョンに入ったときと同じ、広いフロアがそこにはあった。

今回ダンジョンに入るときは、ＭＰがガッツリ減った感覚があった。ただ、続けてダンジョンに潜るとこういうことがあるのかもしれない。とりあえず、特に気にしないようにする。

またも現れたゴブリンの群れを前回と同じくまとめて凍《こお》らせてから二階層を覗《のぞ》けば、そこは雄鶏――ビッグチキンのいる木々の生い茂ったフロアで、俺はなんとなくこのダンジョンの特性を理解した。

どうやらこのダンジョンは、入る人によってフロアの形状が変わるようだ。どうやって変わるのかは分からないので、このあたりはグレンに話す必要があるだろう。

そこまで確認したところでダンジョンを出て、若者と一緒に王都へ帰ることにする。しかしただ帰るだけでは面白くないので、若者に対してある競争を提案した。それは――

「最初に王都に到着した人に、ご褒美《ほうび》をあげるというのはどう？　そして最下位になった人には罰ゲームを与えよう」

以前モブたちともやったものだ。

「え～、おじさん。それってアリスと私が不利じゃん」

「そうですよ。ジャスくんやシロさんみたいな肉体派の人が有利じゃないですか」

「そのあたりも考えているよ。ジャスとシロはハンデとして、アリスと愛がスタートしてから一時間後にスタートしてもらう」

「おっさん！　一時間は長すぎだろ！」

「少し長いかもしれないけど、そこまで有利ではないよ。途中で魔物が現れたら、自分の力だけで倒しながら進まなきゃならないんだからね」

俺の指摘に、女の子二人は嫌そうな表情をし、ジャスはなるほどと考え込む。唯一文句を言っていなかったシロが、おそるおそる尋《たず》ねてきた。

「あの、ミーツさん、罰ゲームって何するつもりなんですか？」

「そうだな、女の子だったら足裏マッサージ、男だったらプラスくすぐりの刑かな」

「げっ！　思ったよりヒデエな」

「ミーツさん、女の子には甘くないですか？」

「甘くなんてないよ。足裏マッサージ、結構痛いよ？」

俺は、ニックにマッサージしてやったときのことを思い出していた。ああ、でもこの子たちはまだ若いから、やっぱりそれほど痛くはないのかもしれない。

「あと、ご褒美《ほうび》と言ったけど、それとは別に、王都に着いたら全員に装備一式を買ってやるつもりだよ。はい！　じゃあ、スタートしよう」

俺はジャスとシロの腕を掴んだ状態でスタートの合図を出すと、愛とアリスが猛ダッシュして王都の方角に走っていった。

「おっさん、一時間は絶対やりすぎだって！」

「ホントですよ！　僕は絶対、くすぐられるなんて嫌ですから！　あ、でもシオンさんになら、されてもいいですけど」

確かに一時間は長すぎたかなと、彼らの腕を掴んだまま思っていた。

そしておよそ一時間が経った頃、二人の腕を放すと、彼らは絶対負けたくないという気持ちを表すように全力で駆け出した。俺も、周りを警戒しながら後をついていく。

しばらく走っていたら、シロとジャズに追いつく。遠くに王都が見えているが、その手前には女の子二人の姿もある。

「ミーツさ〜ん、この距離を追いついて先にゴールするのは無理ですよ〜」

「んだぜ。このままじゃ、俺たちのどっちかが罰ゲーム決定だ」

シロの弱音にジャスが同意する。

確かに、このままでは彼女たちが有利すぎる。そこで俺は両手を振り上げ、彼らの背中に思いきり張り手をした。すると、彼らは宙を舞い、走っている愛とアリスの前に落ちた。

しかし俺に叩《たた》かれた背中が痛かったのか、彼らは呻《うめ》いて蹲《うずくま》ってしまった。

蹲《うずくま》らずに走っていれば、四人でいい勝負ができただろうに。

結局、愛とアリスが先に冒険者用の門に到達して、その場に倒れ込んだ。

そんな彼女らを見た男二人は、お互いの顔を見合わせてから、我先にと走り出した。

「ぬおぉぉ。背中痛てえけど、負けるわけにはいかねえー」

「僕だって負けない！」

競い合う彼らを素早く追い抜いて、門にたどり着き、どちらが先にやってくるか見守っていると、二人同時にゴールした。ということで、罰ゲームは二人に執行すると伝えたら、二人はブチ切れて、馬鹿だのデブだの散々文句を言った後、逃げるように門に入っていってしまった。

その夜、同じ宿に泊まる以上逃げる場所などない彼らに、罰ゲームを執行した。彼らの笑い声と悲鳴が宿中に響きわたり、後で女将《おかみ》に怒られてしまった。

第二十四話

昨夜の大騒ぎのせいで、朝になっても宿の女将《おかみ》は怒っていた。

仕方なく、迷惑料としていくらか女将《おかみ》に手渡すと途端に機嫌がよくなって、今度からこのようなことをするときは事前に知らせてくださいと言われた。事前に伝えておけば大声を上げてもいいのだろうかと考えたが、ここはあえて何も言わずに、反省していることだけを伝えた。

宿で朝食を食べていたら、若者たちが現れないことに気付き、具合でも悪いのかと思って部屋を訪れてみた。先に、シロとジャスのもとへ行き部屋をノックする。しかし、返事はあるが出てくる気配がない。一応返事はあったので扉を開けて部屋に入れば、ベッドに横になってグッタリしている二人の姿があった。

「だ、大丈夫か？　昨夜の罰ゲームがそんなに辛《つら》かった？」

「ミ、ミーツさん、罰ゲームよりも、起きたら全身筋肉痛で身体が動かなくて」

「おっさん、俺も同じだ。全く動けない、トイレにさえ行けない。このままじゃ漏らしちまうって。もうダメだ、間に合わない」

ジャスのベッドから、液体がポタポタと落ちていく。

ジャスの顔は恥ずかしさで真っ赤になった。そして、シロを見ると、彼のベッドからもジャスと同様に液体がこぼれた。

「あとで女将《おかみ》さんに、部屋の掃除《そうじ》と二人の世話をお願いしておくよ」

俺は男部屋をそそくさと退出して女の子の部屋に行くも、彼女らも同じ状況だった。

宿の女将《おかみ》に若者たちの世話をお願いしたら、ギルドで依頼した方がいいとのことで、早速こういうのを引き受けてくれる裏ギルドの方に向かう。

裏ギルドは相変わらず仕事を求める人で長蛇の列だった。

そんな列を横目に裏ギルドに入ろうとしたら、俺も仕事をもらいに来たと誤解されたらしい。横入りするなと、服や腕を掴まれ複数の男たちにボコボコに殴《なぐ》られ、身体を担《かつ》がれてスラムのゴミ溜《だ》めの山に放り投げられてしまった。

「あれ、師匠？　こんなところでどうしたんですか？」

聞き覚えのある声がしたのでそちらを見てみれば、ポケが一人で立っていた。

「ああ、ポケか。一人でいるなんて珍しいな」

「うん、たまには兄ちゃんとビビを二人きりにしてあげたいと思って。それで師匠は、どうしてそんなボロボロになってるんですか？」

動けない若者たちの部屋の掃除《そうじ》を依頼しに来たことと、裏ギルドでの出来事をポケに説明する。そうしたら、ポケは俺を殴《なぐ》った男たちに対して怒ってくれたが、それ以上に、俺に対してなんでやり返さなかったのかと怒っていた。

「でも師匠、それだったら、僕の知ってる子たちに頼んであげますよ。もちろん後でちゃんと、裏ギルドに依頼したってかたちを取ってもらうことになりますけど」

「ポケにそんなツテがあるなら頼む。多分一日か二日くらいで済むと思うけど」

「一日と二日、どっちで依頼すればいいですか？　みんな仕事を探さなきゃいけないから、どちらかで話が変わってくるんです」

どうしようか少し迷ったが、念のため二日でお願いしようと決めた。

「二日間で頼む。報酬はどれくらいで、何人くらいで受けてもらえるんだい？　一人あたり銅貨三枚くらいでいいか？」

「銅貨三枚ももらえるの？　それなら喜んでくれると思いますよ。すぐに連れてくるから、ちょっと待っててください」

ポケはそう言うと、入り組んだ小道を走っていってしまった。そして待つこと数分、ポケは十歳ほどの男女を、合わせて十人も連れて戻ってきた。

「師匠、お待たせしました。これくらいで足りるかな？」

「いや、多すぎるくらいだな……。俺が世話をお願いしたいのは、モブくらいの歳の男二人と、ビビくらいの女の子二人なんだけど」

「だったら、仕事内容は大丈夫ですね。この子たちは裏ギルドの依頼で、自分で動けないお爺ちゃんお婆ちゃんの世話をよくやってますから」

「へえ、老人のお世話の依頼もあるんだ。例えば、どんなことをやったりするんだい？」

ポケが連れてきた子供の一人に声をかけると、おそるおそるといった感じで教えてくれた。

「えと、あの、ごめんなさい。爺ちゃんの身体を拭《ふ》いたり、漏らした下着を替えたり、家の掃除《そうじ》をしてる」

ちゃんとまともなことをやっているんだと感心しながら、他の子にも同じ質問をすれば、他の子も最初にごめんなさいと謝ってから説明を始める。俺はそれに違和感を覚えて、また別の何人かにも質問をしたところ、どの子も最初に謝った。

もしやと思ってポケの方を見たら、ドヤ顔で偉そうに胸を張っていた。

「なあ、ポケ？　なんで、どの子も最初に謝ってから話すんだい？」

「ちゃあんと、言い聞かせて連れてきましたから。師匠は凄《すご》く優しい人だけど、最初に謝ってから話さないと怖いよって。だから、謝れない子は連れてきませんでした」

ポケは相変わらずのドヤ顔、思わずため息が出てしまった。

「師匠、どうしたんですか？」

「ポケは俺のことが怖かったのか……。それなら、それは仕方ないけど、何も悪いことをしてないのに謝る必要はないから」

「え、違いますよ。今は怖くないですよ！　師匠の注意で兄ちゃんの態度が変わったばかりの頃、少し怖かっただけですよぅ」

焦《あせ》って言い訳をするポケが可愛《かわい》くて、俺は分かった分かったと彼の頭をグシャグシャに撫《な》でた。

そして、ポケが連れてきた子たちに、悪いことをしていないときは謝らず普通に話していいからと伝え、世話をしてもらう宿にみんなを引き連れて向かった。

「う、おっさん、何を持ってきたんだ！　臭ぇ、鼻が曲がりそうだ」

「ミーツさん、その子たちは？」

宿に着いて男部屋に入るなり、ジャスが臭い臭いと騒ぎ出し、シロは俺に尋《たず》ねた。

「ジャス、何が臭いんだ？」

「ウオエ、おっさんが臭いんだ！　頼むから近寄らないでくれぇ」

ジャスは筋肉痛で鼻を押さえることもできないのか、寝そべったまま涙目になっていた。それで、自分や子供たちが臭かったことに気付き、急いで俺が泊まっている部屋に子供たちを連れていって、俺を含めて全員を想像魔法で清潔にした。

そして再度、男部屋に戻り、彼らの世話を子供たちに頼んで、続いて女の子の部屋に向かう。そこでも同じように愛とアリスの世話を頼むと、子供たちはシモの片付けなどてきぱきと動きはじめる。その様子に安心して任せられそうだと思い、裏ギルドにこのことを依頼をしに向かった。

さすがにある程度時間が経ったので、あの長かった列は三人にまで減っていた。

しかし三人とはいえ、また横入りしたと殴《なぐ》られては堪《たま》らない。大人しく最後尾に並んでやっと裏ギルドに入ることができた。

「ん？　おっさんか、生きてたんだな。帰ってこなきゃよかったのによ」

受付のキックは相変わらず憎《にく》たらしいことを言ってくる。それを無視してダンク姐《ねえ》さんに依頼のお願いしようとしたが、ダンク姐《ねえ》さんのいつも座っている場所には別の人がいた。白髪だけれど、若くて中性的な顔立ちのその人は、男性にも女性にも見える。

「あら～、あなたがミーツさんね～、お姉様の言っていた通り、素敵な方だわ」

中性的な人は容姿に似合わない野太い声を発したので、男性だと分かった。男性でオネエ言葉ということは、おそらくダンク姐《ねえ》さんの友人だろうが、初めて見る顔だ。

「えーと、君は？」

「あ、ごめんなさいね！　お姉様というのは、ダンク姐《ねえ》さんのことかな」

「あ、ごめんなさいね！　あたしはダンクお姉様の代わりに、ここに配属されたパンチよ。お姉様と同じくらい、あたしとも仲良くしてくれると嬉しいな」

「そうか、改めて、ミーツだよ。よろしく」

代わりということは、今日はダンク姐《ねえ》さんはいないのか。それとも配置換えでもあったんだろうか？　それについて聞く前に、パンチが問いかけてきた。

「それで、どんな依頼を受けに来たの？」

「違うよ。今日は依頼をしに来たんだ。既にその依頼を受けてくれた子たちがいるんだけど、後からでも正式に依頼をしてほしいと言われて来たんだ」

俺の説明にキックが反応する。

「へえ、おっさんも偉くなったもんだ。金にならない汚え依頼を受けてたのにな」

「もう！　キック先輩は黙っててください！　ミーツさんの依頼はあたしが受けるんですからね！

それで、どのような依頼ですか？」

俺は、スラムの子供十人に、宿で動けない若者たちの世話を頼んだことと、報酬として一人あたり銅貨三枚を渡すことを、パンチに伝えた。

「まあ！　ミーツさん、凄《すご》いわ！　それはスラムの子たちも喜ぶわね。じゃあ、報酬とギルドへの手数料と合わせて、銅貨三十枚と鉄貨十枚をいただきますわ」

依頼するには、ギルドに手数料を支払わなければいけないことを初めて知った。言われた金額をパンチに払うと、俺が雇った子供たちの人数分の割り箸《ばし》のような木の棒を渡してきた。

「パンチさん、ありがとう。また何か用事ができたら来るよ」

「んもう、ミーツさん、さん付けでなんて呼ばないで！　もっと気軽に呼んでちょうだい」

「ははは、なんだかダンク姐《ねえ》さんと話している気になってきたよ。そうだな。パンチさんは俺よりもずっと年下だろうし、とりあえずはパンチちゃんとでも呼ぶよ」

「きゃー、キック先輩、聞きました？　ミーツさんったら、あたしのことパンチちゃんって呼んでくれましたよ？　キック先輩もミーツさんを見習ってくださいね」

「キモイんだよ！　パンチもおっさんも！」

パンチに話しかけられたキックは、俺とパンチを怒鳴《どな》った後、壁の方を向いて作業を始める。

「ふふふ。キック先輩は、あたしとミーツさんが仲良いから妬《や》いているんだわ」

「パンチちゃん、多分違うよ。今のはキックの本音だと思う」

「もう、ミーツさんはキック先輩とあたしの仲を知らないから、本音だと思ってしまうんだわ。あたしとキック先輩は、本当は仲がいいのよ」

「……誰と誰がだ。絶対ギルマスに担当を変えてもらわなければ」

「あら、あたしはここから異動する気はないわ」

キックがぼそりと呟《つぶや》いたのを、パンチは聞き逃さなかった。

また用があったら来ることを伝えて裏ギルドを出ようとしたとき、パンチがご武運をと言いながら、手首に白いハンカチを結んでくれた。パンチの生まれた村に伝わる、大切な人が無事に帰ってこられることを願うお守りだそうで、ありがたく受け取ることにした。

裏ギルドを出た俺は、その足でグレンのもとに向かう。すると途中でモアと会い、グレンは城で色々言われたそうで、今は休ませてほしいと言っていることを聞いた。

仕方なく宿に戻り男部屋へ行ったら、彼らは床で寝かされていて、ベッドは布団が外されている。子供たちが、床や壁を自身のボロボロの服で拭《ふ》いて掃除《そうじ》していたのに驚いた。

「君たち、自分たちの服で掃除《そうじ》しているのかい？」

「うん、だってポケ兄ちゃんが、依頼人のおじちゃんがいつもよりたくさんお金くれるから、いつもより頑張《がんば》らないといけないって言ってたし」

「だからって、ここまでのことはしなくてもいいよ。君たちの服はただでさえボロボロなのに、余計にボロボロになってるじゃないか」

「でも、服は布さえ買えれば、ビビ姉ちゃんとか、他の姉ちゃんが作ってくれるから」

他の子供にも同じ質問をすると、同じようなことを言ってきたので、俺は涙が出てしまった。

モブ、ポケ、ビビがストリートチルドレンだったのはなんとなく分かっていたが、よくあれだけ人きく立派になったものだと思った。そしてそのモブたちが、今度は他の子供たちの面倒を見ている事実に、また感動した。

一生懸命掃除《そうじ》を頑張《がんば》る子供たちに、金銭以外でも何かしてやれないかと考えていたら、盛大な腹の音が聞こえてきた。ジャスとシロだ。

「おっさん、腹減ったよぉ。朝メシも昼メシも食えてないのに、臭え水しか飲まされてないんだよぉ。おっさん、俺たちに対しての罰か何かなのかよぉ」

「実は、ぼ、僕もお腹が空いてます。ミーツさん、女将《おかみ》さんに何か作ってもらえるよう頼んでもらえませんか？」

「ああ、そういえば君たちは食事できてなかったね。分かった。女将《おかみ》がいれば聞いてみるよ」

ちなみに、全く動けないジャスたちが小便などしたいときは、子供たちがシモ用の木桶《きおけ》を彼らの股間《こかん》に当てて処理しているようだ。それが終わると、汚物の木桶《きおけ》を捨てに行く子と、大きめな空《から》の木桶《きおけ》を持った子が揃って部屋を出ていった。

俺も、宿の女将《おかみ》に食事のお願いをするために一階へ行くも、彼女が見つからなかったので、外で適当に買ってくるかと玄関を出る。そうしたら、先程の二人の子供が歩いていく姿が見えた。

ちょっと様子を見てみたくなり、後をついていく。すると、汚物の木桶《きおけ》を持った子は汚水の流れる川にそれを捨てた後、空《から》の木桶《きおけ》を持った子と一緒に井戸へ行き、井戸端会議をしている婦人らに頭を下げて、二人で大変そうに水汲《く》みをしていた。あの水を宿に持ち帰り、引き続きジャスとシロの世話をしてくれるのだろう。

俺は子供たちを思って少し辛《つら》い気持ちになりながら、酒場で硬いサンドイッチやカチカチのパン、適当におかずになるものを多めに作ってもらって、テイクアウトした。

宿に帰って、ジャスとシロの分を子供たちに渡して、彼らに食べさせてほしいと伝える。手渡された子供は喉を鳴らして食料をジッと見つめるが、別の子供に頭を叩《たた》かれてハッと我に返り、食事の世話をしてくれた。

喉が渇《かわ》いたと言うジャスに、木桶《きおけ》に入った井戸水を手ですくって飲ませていた。先程ジャスが臭い水と言っていたのは、井戸水のことかと気付いたものの、俺みたいに魔法で水を出せるわけでもないし、諦《あきら》めてもらうしかない。

そうして彼らの食事の世話を終えた子供たちを呼び、多めに買っておいた食料をあげた。これを女の子の部屋でもやると、さすがポケが連れてきた子供なだけあって、怪しむ様子もなく、素直に喜ぶ。そんな子供たちの姿に心が癒《いや》された。

子供たちは夜になっても世話を続けてくれていたので、さすがに帰らせようとしたのだが、依頼だからちゃんとやると言って譲らない。せめて食事を宿で取れるように女将《おかみ》に話を通して、代金も渡しておいた。子供たちは交代で、夜通し若者たちの面倒を見てくれた。

子供たちが甲斐甲斐《かいがい》しく世話をしてくれたおかげで、シロ以外のメンバーは、次の日には元気に宿の食堂に姿を見せた。

「おじさん、ありがとー！　おかげで元気になったよー」

「おじさんが私たちの世話をギルドに依頼してくれたおかげで、動けなくてもどうにかなりました。ありがとうございます」

「本当だよな。おっさん、ありがとな。臭え水さえなければ完璧だったけどな」

「ジャスくん！　子供たちが一生懸命に世話してくれたんだから、そんなこと言わないの！」

ジャスの余計な一言のせいで、彼らの後ろをついてきていた子供たちが悲しそうな表情をしてしまったのに気付き、アリスが一喝した。

「ところでジャス、シロはどうした？」

「あー、シロさんはまだ身体中が痛いってさ。支えてやれば立てないこともないだろうだけど、あれはまだ、今日のところは休んでた方がよさそうだな」

俺は、子供たちに今日はシロの世話だけを頼むと伝えた。念のため二日間の依頼にしておいてよかった。

ついでに昼食代として銀貨を一枚渡せば、子供たちはもらいすぎだと言ってきたので、これはシロの分と子供たちの分だとを伝える。シロに美味《うま》い物を食べさせてほしいと言ったら、子供たちは渋々受け取った。

朝食を終えた俺は、ギルドに向かう。グレンに、城の情報や向こうの様子を少しでも聞けるかもしれないと思ったからだ。

第二十五話

「師匠！　僕の弟分たちは、師匠の役に立ってますか？」

ギルドに入ると、ポケが入口のすぐ近くにいて、俺を見つけるなり小走りでやってきた。

「ポケ、師匠に誰を紹介したんだ？」

今日はモブとビビもいて、二人もこちらに寄ってきた。

「よお、モブ。久々にビビと二人きりになれて、何か進展はあったか？」

モブに聞いたのに、ビビが焦《あせ》り出した。

「な、何もないですよ！　ね、モブ？　ミーツさん、そういうの嫌われますよ？」

「あ、ああ、そうダナ。何もなかったゼ」

これは、何かあったに違いない。真っ赤な顔で慌《あわ》てふためく二人が可愛《かわい》くて、思わず二人の頭を撫《な》で回した。

「あ、兄ちゃんたちだけズルイ！　師匠、僕も僕も！」

「朝からギルドの入口で可愛《かわい》いことをしてるのね」

ポケの頭も撫《な》でてやっていたら、聞き覚えのある声がした。

「あ、パンチちゃん。今の時間は裏ギルドで忙しいんじゃないのかい？」

「あたし、今日は休みなの。それでえ、久々に冒険者としての勘を取り戻そうと思って、魔物狩りの依頼を受けに来たのよ。ミーツさんがもし暇なら……」

パンチはチラチラと俺の方を見て誘いたそうだったが、今日はグレンのところへ行きたいし、ここはモブたちに任せよう。

「ごめんね、パンチちゃん。俺はこれからギルマスのところへ行くんだ。代わりと言ったらなんだけど、ここにいるモブとポケとビビが、パンチちゃんと一緒に行ってくれるよ」

「えー、この子たちがあ？　でもこのポケちゃんは悪くないわ。モブくんはダメね、既に好きな子が近くにいるんだもの。じゃあみんな、あたしの足手まといにならないならついてきていいわよ」

パンチは、モブたちを紹介されたとき明らかに落胆したけれど、ポケの顔を見て何かの可能性を感じたのか、何度か頷《うなず》いたのち全員に許可を出した。

「ちょっ、師匠！　なんで、俺たちがあんな化け物と一緒に……」

「こら、化け物じゃないだろ。今度何か買ってやるから頑張《がんば》って」

「ふ～ん、モブくんはあたしのことを化け物って呼ぶんだあ。躾《しつけ》が必要ね。ミーツさん、モブくんは躾《しつ》けても大丈夫かしらん？」

「大怪我《おおけが》させたりしなければいいよ。というわけで、モブ、頑張《がんば》れ！　しっかり躾《しつ》けてもらいなさい」

モブは、信頼している人に裏切られたような顔をして、パンチに引きずられながらギルドを出ていった。建物を出る直前、師匠の馬鹿野郎と叫《さけ》んだ。しっかり躾《しつ》けてもらうといい。ビビとポケは、俺に頭を下げてからパンチを追いかけていった。

残った俺は、改めてグレンのもとに向かおうとギルドの二階に上がったところで、ニックがギルドの若い女性職員をナンパしているのに遭遇《そうぐう》した。

「げっ！　ミーツのおっさん」

ニックは俺の顔を見るなり、気まずそうな顔をする。

「なんだよ。なんでそんな複雑そうな顔をしているんだよ」

「いや……先に謝っておくぜ。悪かったな。俺も依頼があったから、報告しただけだからよ」

ニックの言っている意味が分からず首を傾《かし》げていると、ニックがナンパしていたギルド職員が逃げるチャンスを得たとばかりに走って去っていく。それを見たニックは、俺にまたなと片手を上げて、職員を追いかけていった。

残った俺は、気を取り直してギルマスの部室に向かい、いつものようにノックしてから中に入れば、グレンが疲れた表情で椅子に座ってぼんやりしていた。俺に気付いても動こうとはせず、口だけを動かす。

「ミーツ、今日はどうした？」

「城で何があったんですか？　昨日もギルドに来たんですが、グレンさんが疲れているから会えないと言われたんですよ」

「そうか」

グレンは一言返事をした後、城での顛末《てんまつ》を話しはじめた。

彼は、俺が見つけたダンジョンの報告をしに行ったが、王と謁見《えっけん》することができなかったそうだ。

その代わり、王宮魔導師のマーブルが話を聞き、さらに近いうちに魔族に攻め込むための装備を作るから、ダンジョンで得た貴重な素材を献上せよと散々言われたそうだ。

しかし、グレンもギルドを任されている身。王ならともかく、ただの王宮魔導師にそんなことを言われても、簡単に了解しましたとは言えない。冒険者が命を懸けて取ってきた素材を、買い取ってくれるならまだしも、ただ献上しろというマーブルと、激しく口論したそうだ。

その結果、最低価格ではあるが、国が買い取る条件を勝ち取ったグレンだが、魔族との戦争は半年以内に起こす予定だと言われて、また困ってしまう。

まだ前の戦争で失われた戦力の回復や資源などが整っていないではないかと反論するが、そんなことは一介のギルドマスターが心配することではないと一蹴される。

唯一の救いといえば、俺が持ち帰ってきたミスリルのミノタウロスは、今回のみという約束で、白銀貨四千枚で買い取ってもらうことに成功したようだ。

また、話し合いで疲労した帰り、グレンは城内で珍しい光景を見た。それは、最近騎士団長に昇格したケインが、若すぎる女とイチャイチャしている姿だ。

それの何が珍しいのかと俺が問うたら、ケインは女癖がとても悪く、二股三股は当然なので、城内で特定の女とイチャつくような真似《まね》は一切しないそうなのだ。そんな彼が、誰から見ても恋人同士にしか見えないような振る舞いをするなんて珍しいと、違和感を覚えたそうだ。

違和感の理由は他にもあった。それは、相手の女性についてだ。その女性は、黒髪で清楚《せいそ》な貴族といった見た目なのに、貴族の振る舞いができておらず、しかもこの世界のセンスでは考えられない変わった服を着ていた。

グレンは、前に俺が連れてきたアリスたちのことを思い出したものの、確かめるのもどうかと思い城を後にしたそうだ。俺は間違いなくアリスたちの同級生だと思う。

しかしそれならば、彼女の近くに、ジャスの男友達がいたはずだ。グレンに十六、七歳くらいの男はいなかったかと聞くと、護衛だろうか、隠れてついてきている騎士ならいたらしい。

俺が追放されるときに見たジャスの友人は、城のどこかに囚《とら》われているのだろうか。すぐに追放されたため城の中の構造が分からない俺は、確認することもできないし、助けに行こうものなら城の中で迷った挙句《あげく》、捕まって殺される可能性が高い。

現状を考えると、今俺ができることは何もなく、歯痒《はがゆ》いが仕方ないと諦《あきら》めた。

「ところで、ミーツ、身体の調子はどうだ？」

一通り話し終えたところで、切り替えるようにグレンが尋《たず》ねてくる。

「あー、大丈夫ですよ。ダンジョンに潜ってレベルも上がったんで、まるで若返ったかのように身体が軽いです」

「そうか、それなら、お前に罰を与えても問題ないな」

「は？　罰？　なんで、俺が罰を受けなければいけないんですか？」

「心当たりはないか？」

「あるわけないじゃないですか！」

「そうか、お前が護衛の仕事に出発する前、俺はお前に、外で魔法は使うなと言ったはずだが。本当に心当たりはないか？」

グレンに言われてハッとした。ゴブリンを倒したときと、食事でハンバーガーを出したときに使ったのを思い出したが、ここはシラを切ろうと思った。

「ええ、本当に心当たりはないですね」

「そうか、分かった。……とでも言うと思ったか！　お前は嘘をつけないタチらしいな。目が泳いでるぞ。しかも、お前は人に罰を与えるのが好きらしいな？　だったら、俺もお前に罰を与える」

「俺の場合は、強くなるために競争をさせたときの罰ゲームだから、特に理由もなく罰を与えるグレンさんとは違いますよ」

「いや、お前は俺の忠告を無視して魔法を使ったんだから、ちゃんと理由はあるぞ。そうだな……罰として、汚水の川の掃除《そうじ》をしてもらおうか。これは裏ギルドでも請け負うやつはそうそういない依頼で、死刑が確定している囚人などがやる仕事だ。お前にはこれをやってもらう」

「嫌です。嫌な予感しかしないです」

「ダメだ！　お前にはやってもらう！」

グレンのもとから逃げようとドアノブに手をかけるが、まるで扉が壁にでもなったかのように、体重をかけて押してもビクともしない。

肩を掴まれて、おそるおそる振り返れば、グレンが怖いくらいの笑顔で立っていた。

「ダンク、よくやった。もういいぞ」

グレンがそう言うと、ビクともしなかった扉が開いて、ダンク姐《ねえ》さんが現れた。

「な、なんでダンク姐《ねえ》さんが……」

「ミーツちゃん、ごめんねえ。あたしはお兄ちゃんに呼ばれてきたんだけど、なんかミーツちゃんを逃しちゃいけない雰囲気《ふんいき》だったから」

ダンク姐《ねえ》さんは舌をペロッと出して謝ってから、俺が身動きできないように両腕を掴んだ。

ダンジョンでかなりレベルが上がって強くなったはずなのだが、それでもダンク姐《ねえ》さんの力には敵《かな》わず、振りほどこうにもビクともしない。

そんな状態の俺の首に、グレンは鎖を巻きつけて、外せないようにカギをかけた。

鎖自体の重さはそれほどでもないのに、鉛がのしかかってきたかのように突然身体が重くなる。

しかし手足は普通に動くのだ。どういうことだろうと思っていたら、グレンが説明してくれた。

この鎖は身体に巻きつけることによって、魔法を使いにくくする機能があるとのことだ。

試しに、コップ一杯ほどの水を、想像魔法で目の前に出そうとした。すると急に頭痛がして想像

が中途半端になり、水滴が出るも、床にポタポタと落ちてしまう。

「ふん、分かったか。これで仕事中は魔法をほとんど使えないぞ。ダンク、ミーツに汚水川の掃除《そうじ》を依頼したので、連れていってやってくれ。それが終わったら戻ってこい、話がある」

「ええ、お兄ちゃん、分かったわ」

「グレンさん！　俺が外で魔法を使ったことをグレンさんに報告したのはニックですよね。ニックにもこの仕事をやらせてください！　そしたら俺も大人しくやります」

俺は、さっきのニックの様子がおかしかったことを思い出した。あれは、ニックがグレンに、俺が魔法を使ったことを報告したからに違いない。だったら、あいつも道連れにしてやる。

「ああ、分かった分かった。ニックが誰かは知らんが、勝手に連れていけ」

「まあ依頼は受けますよ。でもこんな状態だと、グレンさんの好きなプリンも出せないですねえ」

「お前、卑怯《ひきょう》だぞ！」

「そうですか？　まあ今でも、このひどい頭痛さえ我慢すれば出せるとは思いますけど。それでも小さなものしか出せないですよ」

「クッ、仕方ない。罰はなしでいい。だからプリンを出してくれ」

「ちょっ、お兄ちゃん、どうしたの？　ミーツちゃんがなんで罰を受けなきゃいけないのかは分からないけど、お兄ちゃんも自分が好きなもののために決定を曲げるのはダメよ。ミーツちゃんもちょっと卑怯《ひきょう》じゃない？」

　グレンが罰はなしでいいと言った瞬間、勝ったと思った。しかし俺の両腕を掴んでいるダンク姐《ねえ》さんがその手により力を込めた。俺の肩の骨がミシミシと音を立てて軋《きし》む。

「ダンク姐《ねえ》さん、痛い痛い！　分かった分かった、俺が卑怯《ひきょう》だったよ。罰は受けるし、グレンさんにプリンを出す。これでいいかい？」

「あら？　あまり力を込めてないのに、これだけで痛いのね。ミーツちゃん、あまり強くなってないみたいね」

「そ、そうか。ミーツ、プリンも出してくれるか。ありがとう！　なんか悪いな。罰を与えるやつから何かをもらおうというのは」

「逃げませんから、一時的にでも首の鎖を取ってください。そしたらプリンを出してあげます」

　グレンは嬉しそうに俺の首の鎖を外して、部屋の隅から、前にも使った大きめのタライを引っ張り出し、これに入れてくれと言ってきた。

　しかし、これから罰を受けなければならないというのに、普通に出しては俺が面白くない。俺はタライにプリンを普通に出した後、そのタライを分厚い氷で囲んだ。

「な、なんで普通に出さない！　これでは、すぐに食べられないじゃないか！」

「ふふふ、ミーツちゃんもやるわね。やっぱりミーツちゃんの魔法って、規格外で面白いわ。お兄ちゃんも、ミーツちゃんに罰を与えるんですもの。氷が溶けるまで自分も我慢しなきゃ」

「こんな氷ごとき、後で砕いてやる。川の場所はミーツも知っているだろうが、ダンク、お前が連れていって、川に直接落としてくれ」

グレンはそう言いながら、俺の首に再び鎖を巻きつけてカギをかけた。巻きつけられる直前に、プリンを囲む氷がさらに硬く厚くなる想像魔法をこっそり使ってやった。

そうしてダンク姐《ねえ》さんに掴まれたままギルドを出たところで、なんと再びニックと遭遇《そうぐう》した。ダンク姐《ねえ》さんに、あいつが俺と一緒に川の掃除《そうじ》をするやつだから捕まえてほしいと言うと、ダンク姐《ねえ》さんはまだ何も知らないニックをあっさりと捕まえてくれる。

そこからの道中、俺は汚水の川の掃除《そうじ》をしに行くことを、ニックに伝えた。

ニックは最初俺を見て、ご愁傷様《しゅうしょうさま》とニヤニヤしている。しかしダンク姐《ねえ》さんの脇に挟まれているニックに、お前も強制的に手伝わなければならないことを伝えると、嫌だと叫《さけ》んで脇から抜け出そうと暴れた。しかしダンク姐《ねえ》さんにニックが敵《かな》うはずもなく、あっという間に汚水の川に到着した。

到着したら、ダンク姐《ねえ》さんは脇に抱えているニックから先に、川に投げ落とした。

「ぶへえ！　なんで俺が汚ねえ川に落とされなきゃいけないんだよ！　ちくしょう！　おっさんと関わったらろくなことが起きねえな！」

「ニック、諦《あきら》めろ。そもそもお前がグレンさんに、俺が護衛の依頼中に魔法を使ったことを報告したから……って、ダンク姐《ねえ》さん？　まだ話は終わっ――」

俺も川に投げ入れられた。

「じゃあ、ミーツちゃん、頑張《がんば》ってねえ」

ダンク姐《ねえ》さんは、川に入った俺たちにザルを二つ投げて、さっさと元来た道を戻っていった。

残された俺は糞《くそ》が浮かんでいる川に、嫌な記憶を思い出した。

それは、前にもこの川に入って掃除《そうじ》をしたことだった。あのときの辛《つら》い記憶は忘れようと思っていたのに、川に入ったことで思い出されてしまった。

それからは、もう汚れてしまったが、マジックバッグをアイテムボックスにしまって、前にやったときと同じ要領で汚水掃除《そうじ》をこなしていくが、ニックはいまだに文句を言い続けている。

「ちくしょう！　なんで俺がこんなことをやらなきゃならないんだよ！」

「諦《あきら》めろ、ニック、あまり口を開くと汚物が入り込むぞ。息をするときは鼻でするんだ。臭いけど、口に入るよりマシだろ？　俺も、初めてやったときは吐《は》きまくったからな」

「なんで俺が、おっさんと一緒に掃除《そうじ》をしなきゃいけないんだよ！」

「ギルマスの依頼とはいえ、ありのままをグレンさんに言うからだ！　そのせいで俺は罰を受けた。だから、お前も一緒に受ける資格があるんだ」

「クソが！　やっぱりおっさんと関わると、ろくなことが起きないな！　もう二度と、ギルマスの頼みでも、おっさん絡みの依頼は受けないぜ」

「オエーーッ」

「オップゲボ」

お互い口に汚物が入り込む。胃に入っていたものを吐《は》き出しながらも、その吐《は》き出したものをもまたすくい上げる作業をしていく。

ニックはギャーギャー文句を喚《わめ》き散らしつつ、川の底に溜《た》まったヘドロをザルですくうという、拷問《ごうもん》に近い作業をしていった。

やがて、時間が経つにつれニックも口を開かなくなっていった。口を開けば汚水が入り込むからだ。

ダンク姐《ねえ》さんにここに連れてこられるまでの間、汚水の川の掃除《そうじ》についての説明を聞いた。ギルドでも取り扱っている依頼でもあるが、過酷すぎる作業なため、裏ギルドで依頼を受ける者でも嫌がるらしい。

だから、グレンが言うとおり、死刑が確定している犯罪人や、今回のように罰を受けた者がやる作業なのだ。

だが、犯罪人はその場で殺してしまう場合が多いため、なかなか死刑確定の犯罪人がいない。その分、この依頼を罰として与える機会が多くなるのだそうだ。

俺が以前ここの掃除《そうじ》をしたときに見た灰色の服を着ていた人たちは、死刑が確定している犯罪者だったのだ。

それから、日が暮れても無心で掃除《そうじ》をし、やがて夜になり、さらに日の出となったところで、作業の終わりを告げる兵士と、交代要員である灰色の服を着た者たちがやってきた。

これでようやく汚水の川の仕事は終わりだと思ったら、力が抜けて頭までドップリと川に浸かってしまったが、すぐに正気を取り戻して川から上がる。そのとき、俺はあることを思いついた。

第二十六話

「ウェップ、クセエ、なんの臭いだ！」

「オエ、クセエ」

「あいつだ！　あの野郎を誰か追い出せ！」

汚水の川の掃除《そうじ》を終わらせたその足でギルドに入ると、早朝からギルドにいる者や夜通しギルドの酒場で飲んでいた者たちが、嘔吐《おうと》したり、しかめっ面《つら》で鼻を押さえたりしている。

汚物まみれの俺を指差して追い出せと叫《さけ》ぶ者もいるが、誰も俺に触りたくないようで、鼻を押さえて涙目で見ているだけだった。

俺の服に付いた汚物が、床にポタポタと落ちていく。

ニックは掃除《そうじ》した後、身体を洗うため真っ先に井戸に行くも、早朝から婦人たちが洗濯もせずに井戸端会議をしていた。そのため、ニックは汚物だらけの身体で無理矢理、婦人たちの間に入り込んだ。婦人たちはあまりの汚さに、洗濯物を置いて逃げていった。

そんな状況でも、ニックは気にせず必死に身体を洗っていた。

一方の俺は、罰を科したグレンにこの状態を見せるべきだと思って、そのままギルドにやってきたのだ。

ただ、周りの人から向けられる白い目を見る限り、ニックのように、ある程度洗ってくるべきだったかもしれない。

しかし、今の姿をグレンに見せるのだと思い直して、汚物を垂らしながらグレンのもとへ向かった。部室の扉をノックし、罰を終わらせた報告に来たことを伝えると、入室を促す声がかかる。

「おう。思ったより早かっ……って臭っ！　何なんだ、その姿は！　まさかお前、掃除《そうじ》の後に直接来たんじゃないだろうな？」

「そのまさかですよ。グレンさんの罰によってこの姿になってるんですからね。あ、よかった。まだ食べてなかったですね」

「何がだ！　お前が出したプリンの氷を削《けず》って、やっとあと少しで食べられそうな状態までいったのに、この臭いとお前の見た目は嫌がらせとしか思えないぞ！　ギルドは、お前みたいな身なりの者が入ってはいけない場所だ！」

「ああ、そういえばそうでしたね。でも、身綺麗《みぎれい》にしようにも魔法を封じられてますし、どうしようもないですね」

「クソ！　お前のせいで、せっかくのプリンを食べる気が失せた。仕方ない、その場から動くなよ？　俺がそっちに行って魔道具を外すから。絶対に動くなよ？」

グレンと俺の間には三メートルほどの距離がある。グレンが何度も絶対に動くなよと言う。お笑い芸人がよくやる、熱湯の前で押すなと言いながらも押してもらうのを待つというお約束を思い出した。これもそれかなと思い、グレンがプリンを金庫にしまっている隙《すき》に近付いた。そして、その肩に触れてやる。グレンは顔を真っ赤にして怒鳴《どな》った。

「クソ野郎が！　動くなって言っただろ！　そんな汚い姿で触ってくるなんて正気か？　俺まで水浴びをしなきゃいけなくなっただろうが」

動くなよというのはもちろんお約束でもなんでもなく、本当に動いてはいけないという意味だった。グレンは怒りつつも、机の引き出しに入れているカギを取り出し、俺の首の鎖を外した。

「ふう、後で特大プリンを出してもらわねば割に合わないな。魔法でもなんでも使っていいから、お前の歩いた床の掃除《そうじ》とお前自身を綺麗《きれい》にしておけよ」

「プリンはともかく、掃除《そうじ》はしますよ。ここに来たのも、グレンさんの言う通り嫌がらせのためですからね。目的は果たせました。あ、やっぱりプリンを出してあげますよ。汚物塗《まみ》れのプリンを」

俺は、本当に嫌がらせのためだけに普通のプリンを出して、仕上げとして自分の頭に載っている汚物を垂らして、グレンに「はい、大好きなプリンですよ」と渡した。

「クッ、お前、性格悪いな。お前はそんな性格だったか？」

グレンは、プリンの上に載ってている汚物を見て涙を流している。

さすがに大の大人を泣かせてしまっては、やりすぎたと反省した。そして、自身の見た目を綺麗《きれい》にしようと想像魔法を使う。臭いはまだプンプン発しているが、これでプリンを再度出しても問題ないだろうと、室内に転がっていた大きめの木桶《きおけ》を綺麗《きれい》にして、その大きさに合ったプリンを出してやった。

「グレンさんも悪いんですよ？　俺とニックにあんな罰を与えるから」

「ニックはお前が勝手に……いや、もうやめておこう。口喧嘩《くちげんか》をしたところで仕方ない。せっかくのプリンも、この手では食うこともできないから、俺は水浴びをしてくる。お前の臭いもなんとかしてくれ。扉のカギは机の上に置いておく。使ったらモアにでも渡しておいてくれ」

グレンは、汚物がへばりついた魔道具と、魔道具のせいで汚れきった自身の両手を持て余すように部屋を出た。

ギルマス部屋に一人で残された俺は、グレンの言う通り、身体の臭いを取ることにした。香水でも付けようかと考えたが、今度は香水の匂《にお》いで具合が悪くなっても辛《つら》いと思い直し、想像魔法でヨモギを両手いっぱいに出して、身体中に擦りつけてみる。全身がヨモギ臭くなったものの、汚物の臭いに比べれば随分とマシになった。

続いて、ギルマス部屋の床に付いた汚物を想像魔法で綺麗《きれい》にして、ついでにヨモギを床に擦りつけた。部屋全体がヨモギ臭くなったため、窓を開けてしばらく換気することにして一息つく。

グレンは大きなプリンを食べずに出ていったが、さすがにこれをそのまま置いておくわけにもいかないので、アイテムボックスの中にしまった。

換気してもヨモギの匂《にお》いはそう簡単に取れない。

グレンが帰ってくるまでずっとここにいるわけにもいかないから、戸締まりをした後、カギはモアの同僚に、彼女に渡してほしいと手渡した。

ギルド内も汚物で汚してしまったので、その除去と掃除《そうじ》も、歩きながら終わらせた。汚物と汚れは取り除いたが、臭いは残っている。

しかし臭いについては、これからたくさんの人が依頼を受けに来るので、そのうち消えるはずと思い、放っておくことにした。

歩きついでに汚物の掃除《そうじ》をしたため、汚れは突然消えることになる。ギルド職員や酔っ払った冒険者たちはそれを見て、目を擦ったりしていたが、そこは知らないふりをしてギルドを退出し、宿に戻った。

宿ではアリスらと一緒に、俺が依頼で雇った子供たちが食事をしている。そこで俺は、子供たちに依頼に必要な棒を渡し忘れていたことを思い出した。と同時に、子供たちが俺に気付いて駆け寄ってきて、何も言わずに手を差し出した。

俺は棒の受け取りだろうと察して、アイテムボックスに入れたままになっていたマジックバッグをアリスたちに見つからないように取り出す。そして、中に入れていた人数分の棒を子供たちに手渡した。

「このあと時間はあるかい？　よければ君たちに服をプレゼントしたいと思ってるんだけど、迷惑かな？」

「どうする？　ポケ兄ちゃんが信頼してる人だし、買ってもらう？」

「馬鹿！　大人を簡単に信用するなって、モブ兄ちゃんが言ってたろ！」

「でも優しそうだよ？　それに依頼料も、裏ギルドで依頼するような金額じゃないよ？」

今回、子供たちは、自身の着ている服を使って室内の掃除《そうじ》や若者たちの身体を拭《ふ》いてあげたりしていたせいで、服がさらにボロボロになってしまった。

だから、新しい服をプレゼントしようとしたのだが、子供たちは俺に聞こえないようにボソボソと相談を始める。

しかし、俺のレベルが上がったことで聴力も上がったのか、それとも子供らの地声が大きいからなのかは分からないが、話している内容が丸聞こえだ。

素直に買ってもらいたそうにしている子がほとんどだが、一人だけ俺のことを簡単に信用してはいけないと反対している子がいた。とはいえ、多勢に無勢、その子が折れることになった。

相談を終えて全員で俺の前に来ると、揃って頭を下げる。おまけに、今回依頼を受けられなかった子にも買ってほしいとお願いしてきたことに、少し驚く。心優しい子供たちに涙が溢《あふ》れそうになるのをグッと我慢して、もちろん買ってやると言うと、子供たちは全員満面の笑みを見せた。

「よし！　それじゃあ食事を終えたら行くぞ！　アリスたちは宿で待機しててくれるか？　戻ったら、次はお前たちの装備品を買いに行くから」

「え、本当に私たちにも買ってくれるの？　おじさん、見た目通り太っ腹だね！」

「見た目通りってのは余計だけど、約束したことだからね。ここに戻るのは昼くらいになると思うけどいいよね？」

「もちろん！　じゃあさじゃあさ、なんでも買っていいのかな？　予算は？　どのくらいまでいいの？」

「もう、愛！　そういうのは今聞くことじゃないでしょ！　おじさん、愛がごめんなさい」

遠慮なく喜ぶ愛の頭をアリスが軽く叩《たた》いて、愛の言動を謝った。

「大丈夫だよ。詳しいことは、また買い物のときに話そう」

若者たちは揃って頷《うなず》いたが、ジャスだけが急にむせて口の中のものを吐《は》き出してしまって、アリスと愛の二人に怒られている。それを見て、シロや子供たちが笑っている。そんな彼らを微笑《ほほえ》ましく眺めていたら、子供の一人が俺の服を引っ張った。早く服を買いに行きたいようだ。

子供たち全員の食事が終わると、俺はみんなを連れて、街で一番広い広場に向かった。広場ではいつもフリーマーケットのように露天商がたくさんいるからだ。

広場には既に品物を広げはじめている商人がちらほらいて、その中で子供服を取り扱っている商人のもとに向かう。だが、子供たちを見た商人が、広げていた服を箱にしまってしまう。

俺は慌《あわ》てて商品を買うことを伝えるも、商人は俺が金を持っているのか怪しんでいるようだ。渋々といった感じで服を見せてくれるが、子供たちの身体に合わせてみようと手に取ったら、商人に奪われてしまった。

俺の服装はところどころ破れたりはしているが、汚れなどはなく綺麗《きれい》なはずだ。それでも商人は俺を突き飛ばし、俺に売るものはないと言いながら、虫でも追い払うかのように手を振った。

仕方なく他の商人に近付くと、そこでも先程と同じように、追い払われてしまった。子供たちにとっては、こういう状況は慣れているのか、俺の服を引っ張って「もういいよ」と言ってきた。

ストリートチルドレンがなぜ商人たちにこんなに嫌われているのか分からないが、俺は子供たちの力になれないのが悔しかった。いっそのこと、商人が売る子供服を根こそぎ買い取ってやろうかとも考えたが、それでは他に必要な人が買えずに困るだろうと、すぐさま却下した。

もう昼近くになってきた。そろそろ諦《あきら》めるしかないと思ったそのとき、聞き覚えのある声がした。

「あー、ミーツさんじゃないですか！」

声の方を向くと、初めての護衛仕事の依頼者であった商人が立っていた。

「森で命を落とされたと聞いたのですが、どうやらデマだったようですね。元気そうでよかった。ところで、こんなところでどうしたんですか？」

俺は商人に、この広場でのことを話した。

すると、彼はやれやれといった様子で、ストリートチルドレンがなぜ商人に嫌われているのかを説明してくれた。

ストリートチルドレンの大半が犯罪に手を染めていて、露店の品物を隙《すき》あらば盗んでいくらしい。そんな話を聞けば、広場の商人たちの態度も仕方ないと納得できる。この子らを連れて服を買うのは諦《あきら》めようと、彼にお礼を言って広場から立ち去ろうとしたら、呼び止められた。

「ミーツさん、私は護衛の依頼とはいえあなたに助けられました。しかも、あなたに帰りの報酬を支払っていません。よかったら、私の商品の服をその報酬とさせていただくのはどうでしょうか？」

「でもそれでは、商人さん、あなたが損をするのではないのですか？」

「構いません。私ら商人は、人との繋がりを大事にします。私はあなたとの繋がりの方が大事だと思ったので、このような提案をしたのですが、報酬は金銭の方がいいですかね？」

「いいえ、服の方がありがたいです。それでも、全部をタダでというわけにはいかないんで、多少は払わせてください」

俺のお願いに、商人は頑として首を縦に振らない。

結局、商人が街で借りている倉庫に一緒に向かい、子供服ばかりが詰まった二メートル四方の木箱をそのままもらった。

俺はさすがにこれでは悪いと思い、商人が倉庫内で子供服を出すために整理をしている隙《すき》に、彼の馬車の御者席に金貨を一枚置いた。

そのことを気付かれないうちに、商人にお礼を言って倉庫を後にし、子供らが普段からねぐらにしている場所に向かう。すると、家々の間から、依頼で雇った子供よりも小さな子たちがゾロゾロと出てきた。そして、自分よりも先に、小さな子たちに服を分け与えていく姿に、涙が流れた。

大したことをしてやれないのが悔しいが、せめて食事でもと思って、ここに来る途中の屋台や店で食べものを、また雑貨屋の婆さんのところで大きな布を買い込んでいたので、それを配った。

しかし、近くにいた大人の浮浪者が子供たちからその食事を奪った。俺は憤り、奪っている者のもとに向かおうとした。だが、俺よりも前に、見覚えのある灰色の髪の男が、大人を殴《なぐ》り倒して、奪われた食事を子供に返した。

それはモブだった。

「モブ、格好いいな」

「し、師匠！　なんでここに？　いや、それよりなんでこいつらと一緒に……」

モブは、俺がストリートチルドレンに食事を配っているのが不思議なようだ。

俺はモブにここまでの経緯を話すと、彼は頭を下げてお礼を言った。続けて、ここからは自分たちでやるから任せてほしいと言われた。この後に若者たちと買いものに行くこともあり、ここはモブに任せて宿に帰ることにした。

宿に着くなり、食堂にいた愛が、おじさん遅～いとぶーたれた声で言ってくる。俺は頭を下げて謝り、愛、アリス、ジャス、シロの四人で買い物に行くことにした。

第二十七話

「ほらおじさん、こっちこっち、魔道具屋が先だよ」

「そうですよ。早く行かなきゃ閉まっちゃいます」

「ふふふ、愛ちゃんとアリスちゃんは、ミーツさんになんでも買ってやると言ってもらえたのが、よほど嬉しかったんだね」

「おっさん、俺にも何か買ってくれるのか？　それとも女の子だけか？」

俺の右手を愛が引っ張り、アリスが俺の背中を押す。そんな俺のさらに背後では、シロが笑っていた。ジャスは女の子たちの買い物に付き合うのに疲れたのか、口を尖《とが》らせてくる。

「もちろん、お前たちにも買ってやるつもりだ」

「だったらいいんだけどよ。あまりに時間がかかるなら宿に戻ってようかな。帰ってきたら、そのときにでも呼んでくれよ。寝てっからよ」

ジャスは面倒くさそうにあくびを一つして宿に帰っていった。残った彼女たちとシロで魔道具屋へ行き、店内を見て回る。中には武器も置いてあり、ボウリングの球ほどの鉄球や、鋭いトゲがいくつも付いた禍々《まがまが》しいオーラを放っているものなどが無造作に置いてあった。

「おじさん、ここはね、魔道具と魔道武器の両方を売っているお店なんだよ。だから、魔法系の称号を持ってる人にとってすっごく助かるんだけど、その分高いんだあ」

愛は上目遣いで俺におねだりするように、手に持っているランプを掲げた。

「最初に言った通り、金額は気にしないでいいから、必要なものを持ってきなよ。ただし、本当に必要なものだぞ。俺がちゃんとチェックするからね」

俺の言葉で彼女たちの表情は明るくなり、それぞれ気になっているものを手当たり次第持ってきた。

愛は役に立たない玩具《おもちゃ》ばかり持ってくる。下敷きのようなもので、窓がない殺風景な部室でも、それを壁に貼りつければ室内が好きな空間に早変わりするやつとか、パーティー用のトンガリ帽子で、魔力を帽子に込めると、帽子の先が開いて相手を驚かせるものなど。

一方アリスはちゃんと実用的なものを持ってきた。広範囲を灯《とも》す宙に浮くランプ、魔力を込めると水が湧《わ》き出る水筒などなど。

二人が持ってきたものは一つ一つが金貨数十枚もするため、愛が選んだものは全て元の位置に戻させ、アリスが持ってきたものだけを必要な出費と判断して買っていく。

そんな魔道具の買いものが一通り終わったところで、今度は武器の購入だ。

アリスが目を付けていたと言って持ってきたのは、俺が禍々《まがまが》しいと思った、鉄球にいくつもの鋭いトゲが付いているモーニングスターという武器だった。その鉄球には、ゴツい鎖と一メートルほどの棒がくっついており、メイスが進化したような形をしていた。

アリスのプレゼンを聞いたのだが、この鉄球に自身の得意とする魔法を込めれば、鉄球がその魔法と同じものになるという、なんとも意味の分からない内容だった。

アリスはいつになく饒舌《じょうぜつ》なものの、興奮しているのか、何を言っているのかよく分からない。

そこで、代わりに店主に聞く。あの武器は、例えば鉄球に火の魔法を込めると、火の魔法の属性の鉄球になるそうだ。その状態で魔物に当てれば燃えるらしい。他に氷魔法を込めて魔物を氷漬けにしたり、雷魔法で痺《しび》れさせたりといったことができるとのこと。

では、水や土の魔法ではどうなるかと聞いたら、使用者の好きなところで、水や土を出せるのだとか。つまり水魔法なら、鉄球を当てた途端に水が鉄球から噴き出て、敵の呼吸器を塞《ふさ》いだりできるらしい。なかなかエゲツない武器だというのが分かった。

愛が持ってきたのは、頭の部分がゴツゴツしているものの、先端が槍のように尖《とが》っている武器――おそらくメイスだ。先程却下を食らったせいか、愛はおそるおそるといった感じだった。

愛に聞くより店主に聞いた方が早いと思い、説明を求めた。メイスで間違いないようだが、殺傷力があるのに癒《いや》しの効果もあるのだそうだ。魔力を込めれば込めるほど、先端の槍の切れ味よくなるのと同時に、癒《いや》しの力が強まる仕様らしい。また、癒《いや》しの効果はメイス使用者だけでなく、半径一メートル以内の者にまで届くという。

それらの武器に加えて、少量だが魔法のＭＰ消費が抑えられる魔法使い用のローブに、敏捷度が50アップする靴まで買うことにしたら、合計金額が白銀貨一枚になってしまった。

さすがに手持ちがなくて、店主に少し待ってほしいと言って、急いでギルドに金を取りに行くも、ギルドに預けている俺の貯金は、色々使っていたこともあり、白銀貨一枚にすら達していなかった。まだミノタウロスの分の金をもらっていなかったことを思い出し、どうしたものか悩んでいたとき、モアが声をかけてきた。そして、相談してみたところ、俺が確実に数千枚もの白銀貨をもらえることを知っていたため、モアの権限で、担保もサインも何もなく白銀貨五枚ほど貸し出してくれた。

モアにお礼を言って急いで魔道具屋に戻り、店主に白銀貨一枚支払うと、アリスと愛が驚いていた。

俺が白銀貨を持っていることと、まさか二人の選んだ装備がここまでの金額になるとは思わなかったことで、呆気《あっけ》にとられたようだ。

そんな彼女らと一緒にいたはずのシロが見当たらなくて、どこに行ったかを彼女たちに聞くも、二人揃って知らないと言う。すると、店主が代わりに答えてくれた。

シロは、俺が店主に武器の説明を聞いているときに、外の空気を吸ってくると言って出ていったそうだ。それきり戻ってきていないというので、店の外を一回りしてみるものの、シロらしき人は見当たらなかった。

シロも子供ではないのだし、ダンジョンである程度レベルも上がっているから、一人でも大丈夫だろうと思い、アリスと愛を宿まで送った後に、ジャスと二人で行きつけの武器屋に向かった。

武器屋に向かう前に、ジャスにスキルや称号のステータスを見せてもらうと、称号には剣豪、スキルには二刀流と両手剣があった。ジャスには剣がいいだろう。

武器屋に着いて中に入れば、他の客もいたのだが、親父は相変わらず俺以外の客には無愛想でぶっきらぼうだ。

なお、この武器屋で売られている武器は、多少高いが質がいい。また、そこらの武器屋みたいに粗悪品を売りつけられることもない。それゆえ、一部の冒険者の間では有名なのだと、ギルドで冒険者が話しているのを聞いたことがあった。

「おう！　おっさんか、また武器を壊してきたのか？　今度はそう簡単には壊れない自信作がある。そんな入口に立ってないで、早くこっちに来い」

親父は俺を見るなり、店内に響き渡るほどの声量で呼んだ。

そんな親しげな親父を初めて見るであろう他の客は、鳩が豆鉄砲を食らったような顔で、俺と親父を交互に眺めている。俺は他の客の邪魔にならないように、親父に呼ばれてもジャスと店の隅に立っていたら、親父は他の客をお前らは邪魔だと追い出してしまった。

さすがにそれはあんまりだと思い、客が出ていった後で、親父にせっかくの客なのによかったのかと聞く。すると、親父はあんな駄客の相手をするより、俺と話した方が楽しいと言ってくれた。

正直嬉しくはあるが、反面、本当にそれで大丈夫か、とも思ってしまう。

しかし、親父はどうしても欲しい武器があればまた来るだろうからいいんだと言い張るので、それではと、今日は俺の武器とジャスに合った剣を選んでもらおうと思ってきたことを伝えた。

親父は、俺用の武器は既に目星がついているらしく、先にジャスのものから検討することにした。

ジャスの身体をペタペタと触ったり腕を揉《も》んだりした後、自身の顎《あご》を触りながら、ニヤニヤと考えはじめる。その隙《すき》に、ジャスは親父から離れて俺の背後に回り込んだ。

「おっさん、この親父、気持ち悪りいよ。俺の身体を触りまくって笑ってんだぜ。絶対そっちのケがあるぜ。俺、武器を買うなら別の店がいい」

「大丈夫だよ。ここの親父さんは信用できるからさ。まあ、俺はそんな親父さんが売る武器を何度も壊してるけどね」

「それって欠陥品じゃね？　それこそ、こんなところで買う必要ないだろ」

ジャスがそう言って店を出ていこうとしたとき、突然出入口の前に壁がせり上がってきて、扉を塞《ふさ》いだ。

「何も知らねえ冒険者になりたての小僧が、一端《いっぱし》の口をきくんじゃねえぞ！　うちは、この国で現れる魔物を狩ったくらいで壊れる品物なんか置いてねえんだ！　おっさんが自信作をことごとく壊してきやがるんだよ！　お前にも合う剣を選んでやる。黙って待っとれ、クソガキが」

親父は壁に手をついて怒鳴《どな》り、店の奥に引っ込んだ。親父がジャスに怒鳴《どな》っているときに発した威圧は、俺でも足が震えたが、ジャスは大丈夫だろうか。親父がカウンターの奥に引っ込むと、ジャスは生まれたての小鹿のように足をガクガクと震わせて、最後には尻もちをついた。

「何なんだよ。武器屋が監禁とかしていいのかよ」

ジャスの精一杯の強がりなのだろう。声も震えているし、涙目になっている。

俺はあえて何も言わずに、ジャスの頭を撫《な》で回した。ジャスはやめろよと言いながらも、少し気持ちが落ち着いたのか、俺の身体を支えに立ち上がった。

それを見計らったように親父が奥から戻ってくる。そして、持ってきた赤と青の二本の剣をカウンターに乱暴に置いて、ジャスに手に取ってみろと言った。

ジャスは親父を恐れているのか、おそるおそる両手に一本ずつ持つ。

「よし、持ったな。それは二本で対になっている武器で、魔力の低い者でも剣に魔力を通すことで、火と氷の魔剣になる。あまり強い威力はないがな。これらは側面同士を合わせると一本の剣になって、火と水の属性は使えなくなるが、魔力を通せば斬れ味が抜群となる！　また二本の剣に戻したけりゃ、額に剣を当てて戻れと念じたらいい。まだヒヨッコのお前にはもったいないものだが、これを使いこなしてみろ。そしたら次来たときは、おっさんと同じように歓迎してやる」

親父がジャスに持ってきた剣は、なんとも異世界らしいユニークな武器だった。

ジャスはさっきまでガクブルだったのに、親父の説明を聞いて目を輝かせ、店の中央部で剣を振り回して手に馴染《なじ》ませようとする。しかし、親父に「危ねえだろうが！」と怒鳴《どな》られて、再びブルッて俺の背中に隠れた。

「そいつの鞘《さや》も剣と同じ素材で作られてるから、鞘《さや》も一つにできる。二つに戻す方法も同じだ。分かったら、さっさと鞘《さや》にしまって待ってろ！」

ジャスは慌《あわ》てて剣を鞘《さや》に収めた。それを確認すると、親父は俺に向き直る。

「次におっさんだが……おっさん、近々国を出る予定があるだろ？　ああ、答えなくてもいい。短期間で実績を挙げてる冒険者は大体、ここより大きな国を目指して出ていくものだ。それで、今回が最後だと思って、特別な武器を持ってきた。これはとある国で製造されるも、実力が見合わなかった使い手が次々と不幸な死を遂げ、幾人もの人の手を渡ってきた曰《いわ》く付きの『刀』という武器だ。斬れ味と耐久性は先程の、あの小僧に売った剣よりいいことは保証しよう。それと、今までより少し重いが、店一番の頑丈《がんじょう》な槍を付けて、小僧の武器も含めて、全部で金貨十枚でいいぞ。本来なら白銀貨五枚はいく商品だがな」

武器屋の親父が、俺が短期間で実績を挙げているのを知っていることにも驚いたが、近々国を出ることも見抜いているとは。それに、凄《すご》くレアな武器を滅茶苦茶《めちゃくちゃ》値引きしてくれて、感謝しかない。

しかし、値引きしすぎだと思ったので、手持ちでは足りないが、白銀貨四枚は払うと言ってカウンターに置く。しかし親父は何も言わず白銀貨一枚だけ取って、結局お釣りとして、金貨九十枚を麻袋に入れて俺に差し出した。

「ちょっ、さすがにこれじゃあ親父さんが損しすぎですって！」

「俺がいいと言っとるんだ。素直に俺が提示した金で買っとけ。どうしても金が使いたいなら、俺の店以外で使うといい。それでもまだ金があり余って仕方なくなったとき、美味《うま》い酒でも持ってきてくれ。俺にはそれで充分だ」

親父には、最初に武器を買ったときから世話になりっぱなしだった。いつか住むところも落ち着いて、安定して金を稼げるようになったときには、必ず恩返しに来ようと心に誓った。

まず親父に出入口の扉を塞《ふさ》いでいる壁を下ろしてもらい、ジャスには外で待っているように言って、先に店を出てもらう。そうしてから、想像魔法を使って、元の世界で飲んだことのあるものの中で一番上等な酒を、カウンターの上に数十本出した。

俺も偶然飲むことができた幻の酒と呼ばれるもので、入手困難とされた品々だ。それらを見た親父は、なぜか唇《くちびる》を震わせながら、本当にこれをもらっていいのかと何度も聞いてきた。俺がこんなもので白銀貨の代わりにはならないと頭を下げると、親父はそんなことはないと大声で言った。

しかし親父ははっと我に返り、悪かったとすぐさま謝って、カウンターに並べた酒をそーっと赤子でも扱うかのように一本一本抱いて、カウンターの内側に置いてある木箱にしまっていった。

俺がいつかまた来ますと言って店を出ようとしたら、親父はよい防具屋があると紹介してくれた。

店を出てジャスと並んで歩きながら、ふと親父はもしかしたら転生者か転移者なのかもと思った。

だが、もう店から随分離れてしまったし、また戻って聞くのも野暮《やぼ》なので、放っておくことにした。

もし違ったときは恥ずかしいしな。

その後は、親父に紹介された防具屋で、愛たちに買ってあげた防具と同様に、見た目は革の鎧のようなのに鉄の鎧以上に防御力が強く、魔法耐性もそれなりにある鎧。そして、同じく防御力がしっかりした鉄甲やブーツなどを購入して、宿に帰った。

愛とアリスは満面の笑みで食堂にいて、ジャスを交えてお互い何を買ってもらって、性能はどんな感じかを、自慢し合っている。

愛はメイスに名前を付けたようで、デラックスなんとかといった長たらしい名前を言って、ジャスとアリスに引かれていた。

シロが戻っていないことに不安を覚えたが、もし明日になっても戻ってこなかったら捜索することにして、俺は自室に入り、長らく見ていなかったステータスのスキルチェックを行《おこな》った。

ＨＰなどのステータスは、レベルがシオンに追いついたときに見ようと決めているため、称号とスキルだけを出す。

称号は変わらず、異世界人や常識知らずがあるだけだが、スキルは増えており……

ステータス成長：100
瞬間MP自然回復：100
経験値特大習得：100

想像魔法だけでもチートなのに、さらにチートなスキルを手に入れてしまったようだ。『ステータス成長』の後につく数字は何なのだろうかと首を傾《かし》げるも、考えてみたところで分からない。今度ダンク姐《ねえ》さんかシオンに聞いてみることにした。

それにしても濃い一日だったと、今日の出来事を思い返す……が、汚水の川は思い出したくない。

そして、そろそろダンク姐《ねえ》さんとシオンとともに国を出ようかと考える。明日にでもグレンのところへ行って、それについての話をしようと思いつつ、俺は眠りについた。

風波しのぎ
Kazanami Shinogi
累計
160万部!
(電子含む)
THE NEW
ザ・ニュー・ゲート
GATE
01~18

The Apprentice Blacksmith of Level 596
レベル596の鍛冶見習い
1・2
寺尾友希
Terao Yuki
チート級に愛される子犬系少年鍛冶士は
あらゆる素材を調達できる
Lv596!
最強の見習い!?
第12回アルファポリス
ファンタジー小説大賞
大賞受賞作!
犬の獣人ノアは、凄腕鍛冶士を父に持ち、自身も鍛冶士を夢見る少年。しかし父ノマドは、母の死を境に酒浸りになってしまう。そんなノマドに代わって日々の食事を賄うため、幼いノアは自力で素材を集めて農具を打ち、ご近所さんとの物々交換に励むようになっていった。数年後、久しぶりにノアの鍛冶を見たノマドは、激レア素材を大量に並べる我が子に仰天。慌てて知り合いにノアを鑑定してもらうと、そのレベルは596! ノマドはおろか、国の英雄すら超えていた! そして家族隣人、果ては火竜の女王にまで愛されるノアの規格外ぶりが、次々に判明していく――!
◉各定価:本体1200円+税　◉Illustration:うおのめうろこ
レベル596の鍛冶見習い 2
ちょっぴりズレてる鍛冶見習いに
新たな出会い!

この作品に対する皆様のご意見・ご感想をお待ちしております。

おハガキ・お手紙は以下の宛先にお送りください。

【宛先】

〒150-6008 東京都渋谷区恵比寿 4-20-3 恵比寿ｶﾞｰﾃﾞﾝﾌﾟﾚｲｽﾀﾜｰ 8F
（株）アルファポリス　書籍感想係

メールフォームでのご意見・ご感想は右のＱＲコードから、
あるいは以下のワードで検索をかけてください。

アルファポリス　書籍の感想　検索

ご感想はこちらから

本書は Web サイト「アルファポリス」（https://www.alphapolis.co.jp/）に投稿されたものを、改稿、加筆のうえ、書籍化したものです。

底辺から始まった俺の異世界冒険物語！ 2

ちかっぱ雪比呂（ちかっぱゆきひろ）

2021年　2月　28日初版発行

編集－加藤純
編集長－太田鉄平
発行者－梶本雄介
発行所－株式会社アルファポリス
〒150-6008 東京都渋谷区恵比寿4-20-3 恵比寿ｶﾞｰﾃﾞﾝﾌﾟﾚｲｽﾀﾜｰ8F
TEL 03-6277-1601（営業） 03-6277-1602（編集）
URL https://www.alphapolis.co.jp/
発売元－株式会社星雲社（共同出版社・流通責任出版社）
〒112-0005 東京都文京区水道1-3-30
TEL 03-3868-3275
装丁・本文イラスト－Noukyo
装丁デザイン－AFTERGLOW
印刷－中央精版印刷株式会社

価格はカバーに表示されてあります。

落丁乱丁の場合はアルファポリスまでご連絡ください。

送料は小社負担でお取り替えします。


ISBN978-4-434-28557-8 C0093